Herr Brett ist tot

Herr Brett ist tot

Kurzgeschichten

	Seite
Herr Brett macht blau – Stefan Heinzle	5
Der Schmeichler – Host-Stefan Jochum	9
Das Geständnis – Klaus Höfle	12
Bettminiaturen – Gerlinde File	17
Der Anruf – Alexander Fehr	19
Herr Brett geht baden – Stefan Heinzle	24
Die Freundschaft der Rosen – Silvia Bösch	27
Mademoiselle Tarquini – Eric Parisse	32
Spaß an der Freud' – Gerlinde File	41
Warum nicht gleich – Klaus Höfle	44
Herr Brett reist zum Mond – Stefan Heinzle	46
Ein ganz normaler Tag – Alexander Fehr	49
Es ist nie zu spät – Silvia Bösch	56
Ein Wurm in der Nase – Gerlinde File	64
Ein Haus voller Sehnsucht – Alexander Fehr	67
Theos Beichte – Eric Parisse	72
Der Tag des Rosendorns – Stefan Heinzle	80
Herr Brett liegt im Spital – Stefan Heinzle	84
Finks Auftrag – Eric Parisse	87
Ein Traum von einem Sommer – Alexander Fehr	97
Die Farbe Grün – Horst-Stefan Jochum	103
Geschmackvoll – Gerlinde File	109
Bettgeflüster – Klaus Höfle	112
Bahn fahren – Stefan Heinzle	116
Das Beste wie immer … – Elke Ender	120
Herr Brett ist tot – Stefan Heinzle	126

Umschlagillustration:
Amedeo Modigliani, ‚Paul Guillaume', Novo Pilota, 1915

Impressum:
© Schreibwerkstatt Feldkirch (A-6800)
Herstellung und Verlag:
Books on Demand GmbH, Norderstedt

ISBN 978 3 839 14886 0

Bibliografische Information der Deutschen Nationalbibliothek: Die Deutsche Nationalbibliothek verzeichnet diese
Publikation in der Deutschen Nationalbibliografie;
detaillierte bibliografische Daten sind im Internet über:
http:/dnb.d-nb.de abrufbar.

Herr Brett macht blau

Stefan Heinzle

Herr Brett liegt in seinem Bett und fühlt sich wohl. Die Bettdecke bis unter seine Nasenspitze gezogen, beschließt er heute Blau zu machen. Er beschließt öfters Blau zu machen. Meist hat das Bett daran Schuld und natürlich die Bettdecke, unter welcher er liegt. Diese geborgene Wärme jäh aufgeben zu müssen, seinen Körper dem kühlen Raumklima zu opfern, dazu ist er nicht immer bereit. Heute auch nicht. Er liebt sein Bett und streichelt zärtlich über den mit Eschenholz furnierten Bettpfosten. Daher entschließt sich Herr Brett heute Blau zu machen. Dies wird er natürlich nicht als Entschuldigungsgrund Frau Nagel mitteilen. Eine Ausrede findet er immer spontan, sozusagen während des Gesprächs mit Frau Nagel. Frau Nagel ist die Sekretärin seines Chefs, Herrn Hammer. Er will jetzt Frau Nagel lieber nicht mehr länger warten lassen und schnappt sich sein mobiles Telefon, das auf seinem Nachtkästchen liegt.

„Hammer und Partner, Sie sprechen mit Frau Nagel, was kann ich für Sie tun?"

Diese süße Stimme, er liebt diese süße Stimme, er liebt nicht nur diese süße Stimme.

„Hallo, hier spricht Herr Brett, ich bin krank. Ich kann heute nicht zur Arbeit kommen!"

Er bemüht sich, seine Stimmlage auf krank zu trimmen.

„Mein Gott Herr Brett, dann geht es Ihnen nicht gut? Ist es was Schlimmes?"

Diese süße Stimme!

„Ich denke Keuchhusten", er hustet kurz so, wie er sich das Husten bei Keuchhusten vorstellt, „ja Keuchhusten wird's sein, relativ übel dieser Keuchhusten, aber ich denke nicht lebensbedrohlich. Sehr ansteckend, sofern man nicht gegen Keuchhusten geimpft ist. Ich muss mich heute ausruhen."

Es folgt ein kurzer Keuchhustenhuster.

„Keuchhusten? Das ist ja furchtbar! Wie lange werden Sie nicht arbeiten können?"

Diese süße Stimme!

„Nur heute, das Schlimmste ist vorbei. Es geht wieder bergauf. Sehr kurzlebig dieser Keuchhusten. Sehr kurzlebig, zumindest bei mir, aber sehr intensiv. Morgen werde ich die Krankheit besiegt haben. Können Sie das bitte so Herrn Hammer mitteilen?".

„Natürlich, gute Besserung, und erholen Sie sich gut!"

„Danke, Sie sind ein Herzblatt!"

Mein Herzblatt, denkt sich Herr Brett. Sagen hat er sich das aber nicht getraut.

Herr Brett liegt in seinem Bett. Er fühlt sich wohl trotz dieser kleinen Lüge, welche er Frau Nagel aufgetischt hat. Frau Nagel, diese Frau Nagel. Er stellt sich vor, wie Frau Nagel in einem figurbetonten Krankenschwesternkostüm zur Tür hereinkommt, eine Tasse Tee auf das Nachtkästchen stellt und ihm einen Kussmund zuwirft.

Frau Nagel ist Herrn Bretts heimliche Geliebte. Heimlich deshalb, weil sie noch nichts davon weiß. Herr Brett liebt Frau Nagel seit dem Tag, als Herr Hammer sie Herrn Brett als neue Sekretärin vorgestellt hat. Das ist inzwischen – Herr Brett überschlägt die Jahre im Kopf – fünf Jahre her. Frau Nagel ist Herrn Hammers Sekretärin. Herr Brett ist davon überzeugt, dass Herr Hammer auch in Frau Nagel verliebt ist. Hoffentlich nützt Herr Hammer nicht die Situation aus – Herr Brett fehlt ja im Büro – und fragt Frau Nagel, ob sie mit ihm ausgehen möchte. Herr Brett würde zu gerne wissen, was momentan im Büro so vor sich geht. Herr Brett zappelt nervös in seinem Bett umher. Er streift sich die Bettdecke zur Seite – zu warm.

„Hammer und Partner, Sie sprechen mit Frau Nagel, was kann ich für Sie tun?"

Diese Stimme!

„Herr Brett nochmals. Ich wollte Ihnen nur mitteilen, dass sie Herrn Hammer nichts von meiner Krankheit erzählen brauchen. Ich werde höchstpersönlich morgen Herrn Hammer davon in Kenntnis setzen. Die Angelegenheit ist doch zu kompliziert, um über Dritte besprochen zu werden."

„Über Dritte? Kompliziert? Ich dachte, Sie haben Keuchhusten?"

„Im günstigsten Fall Frau Nagel, im allergünstigsten Fall. Ich werde morgen persönlich bei Herrn Hammer vorsprechen. Bitte unternehmen Sie nichts weiter, und erwähnen Sie mein Fernbleiben nicht bei Herrn Hammer!"

„Wie Sie wünschen, Herr Brett, ich werde nichts erwähnen, sofern mich Herr Hammer nicht auf Ihr Fernbleiben anspricht. Bis morgen."

Herr Brett liegt nervös in seinem Bett. Die Bettdecke hat er längst zu Boden geschmissen. Sein Rücken schmerzt aufgrund der zu harten Matratze. Er fühlt sich unwohl in seinem Bett. Dieses Schlitzohr Hammer! Schamlos ausnützen wird er die Situation. Arme Frau Nagel, von ihrem Chef verführt und geschändet, malt sich Herr Brett bereits das Katastrophenszenario aus. Das kann Herr Brett nicht zulassen. Er ist richtig wütend, springt aus dem Bett, stößt sich dabei den großen Zeh am Bettpfosten, tritt vor lauter Zorn mit dem Fuß dagegen und zieht sich hektisch seine

Kleidung an. Er hat längst beschlossen, zur Arbeit zu gehen. Die Ausrede für Frau Nagel wird ihm spontan während der Fahrt einfallen.

Der Schmeichler

Horst Stefan Jochum

Der Schmeichler wohnt im zweiten Stock des Hauses, in dem auch Frau Robert wohnt und in dessen Erdgeschoss sich ein kleines Kaffeehaus befindet.

Frau Robert trinkt täglich einen Latte Macchiato im Kaffeehaus, wobei sie acht gibt, nicht dem Schmeichler zu begegnen. Denn der Schmeichler ist – das sagte Frau Robert der Kellnerin – ein fürchterlicher Mensch. Der Schmeichler trägt ein Toupé, weiße Lackschuhe und hat einen Siegelring an seinem Ringfinger. Der Schmeichler redet in einem verzuckerten Tonfall, riecht nach Rasierwasser und schaut Frau Robert mit seinem verzückten Hundeblick in die Augen.

Frau Robert ist ständig auf der Hut, das sagte Frau Robert der Kellnerin.

Auch an jenem Nachmittag ist Frau Robert auf der Hut. Vorsichtig betritt sie die Konditorei, schaut sich um und setzt sich wie immer an den Tisch beim Fenster. Sie bestellt ihren Latte Macchiato und schaut hinaus.

Keine zehn Minuten später biegt der Schmeichler um die Ecke.

Frau Robert senkt den Kopf, damit der Schmeichler sie nicht erkennt, aber vergeblich, der Schmeichler betritt die Konditorei und winkt ihr freudestrahlend zu.

Der Schmeichler kommt zu ihr an den Tisch. Der Schmeichler sei froh, Frau Robert wiederzusehen und habe, wie er mit einem sehnsüchtigen Klang in der Stimme verkündet, oft an sie gedacht. Um ehrlich zu sein, so sülzt der Schmeichler, habe er unentwegt an Frau Robert gedacht.

Komisch, nicht, man kenne einen Menschen kaum und denke die ganze Zeit unentwegt an ihn, sagt der Schmeichler.

Frau Robert schweigt.

Der Schmeichler sei froh, dass heute ein schönes Wetter sei, man wüsste ja nicht, wie lange das Wetter noch halte in dieser späten Jahreszeit.

Frau Robert schweigt.

Dieser Oktober sei ein goldener Oktober, so strahlend wie die Brosche an Frau Roberts schicker Bluse, sagt der Schmeichler.

Frau Robert schweigt.

Ach, der Ring an Frau Roberts Finger, das sei ein Obsidian, von dem die Indianer glaubten, dass er magische Kräfte verleihe.

Die Kellnerin kommt, und der Schmeichler, der, wie er sagt, ja nur kurz hallo sagen wollte, bestellt einen Latte Macchiato, wobei er Frau Robert fragt, ob sie gestatte, dass er auf einen Latte Macchiato bei ihr am Tisch bleibe.

Frau Robert hüstelt, verschränkt die Arme vor ihrer Brust und kreuzt ihre Beine.

Der Schmeichler hüstelt, kreuzt die Beine, aber er verschränkt die Arme nicht vor seiner Brust, sondern er faltet die Hände ineinander.

Frau Robert nippt an ihrem Latte Macchiato und schaut aus dem Fenster.

Der Schmeichler trinkt an seinem Latte Macchiato und schaut Frau Robert mit seinem verzückten Hundeblick an.

Frau Robert schweigt.

Der Schmeichler schweigt. Aber nicht sehr lange: Das Parfüm von Frau Robert verströme einen umwerfend geheimnisvollen Duft.

Frau Robert schweigt.

Der Schmeichler blickt zu Boden und bewundert Frau Roberts Schuhe.

Frau Robert schweigt.

Der Schmeichler findet, dass Frau Roberts Holzperlenkette ihre umwerfend moderne Frisur unterstreiche und gut zu ihrem eleganten braunen Rock passe.

Frau Robert schweigt.

Niemand schweige so bezaubernd, wie Frau Robert es tue, meint der Schmeichler.

Der Schmeichler müsse jetzt gehen. Bis zum nächsten Mal, sagt der Schmeichler und geht.

Frau Robert schweigt.

„Ich weiß gar nicht, was Sie haben", sagt die Kellnerin, „das ist doch ein netter Mann, noch recht attraktiv für sein Alter und ... so charmant."

Frau Robert schweigt.

Sie betrachtet ihre Hand und schiebt ihren Ring hin und her. Dann trinkt sie den Latte Macchiato zu Ende. Frau Robert wippt mit den Füßen und betrachtet ihre Schuhe, während sie den unteren Teil ihrer Perlenkette um ihren Zeigefinger wickelt. Frau Robert blickt aus dem Fenster. Dann rückt sie die Brosche an ihrer Bluse gerade. Bevor sie aufsteht, prüft sie den Sitz ihrer Perücke und streift mit der Hand über den Rock.

Das Geständnis

Klaus Höfle

Er lehnte sich zurück und hielt ihre Hand. Eine Hand, die er schon lange hielt. Zu lange. Der kühle Fahrtwind streichelte seinen Körper. Die noch junge Sommersonne hatte ihm und den Frühlingsblumen kräftig zugesetzt. Nach dem Inselrundgang hatten sie sich die restliche Zeit auf der Terrasse einer Cafeteria vertrieben. Ohne viel Worte. Wie immer.

Warum hatte er diese Gelegenheit nicht genutzt? Dann wäre es endlich heraus gewesen. Nun verblieb nur noch die Rückfahrt, um endlich reinen Tisch zu machen. Nur darum hatte er sich ohne Einwand zu diesem Ausflug überreden lassen.

Seine Gedanken drehten sich, kreisten wie die Möwen um das aufgewühlte Heckwasser. Das penetrante Gekreische ließ ihn keinen klaren Gedanken fassen. Er verwarf alle Phrasen, die er seit Monaten angedacht und durchgespielt hatte. Robert blinzelte. Die Sonne stand hoch am Himmel, und die Umrisse der Insel verschwammen mit dem dunstigen Festland. An der Reling verharrte ein Liebespaar – zärtlich umschlungen, sich küssend. Jung und verliebt wie sie damals, vor vielen Jahren. Langsam aber stetig hatten sie sich auseinandergelebt. Teilten nur noch das Essen und ihre Wohnung, gleich einer Symbiose, deren einziger Zweck darin bestand, zu überleben.

Er wischte sich den Schweiß von der Stirn. Das Schiff hatte die Richtung gewechselt, und vom Fahrtwind war nichts mehr zu spüren. Langsam setzte sich Robert auf und rückte seine Sonnenbrille zurecht.

„Ich gehe mir die Beine vertreten. Kommst du mit?"

Robert war sich nicht sicher, ob seine Frau eingenickt war oder sich nur schlafend stellte. Wie so viele Male, wenn er spät abends nach Haus kam. Ihm konnte es so oder so recht sein. Die Konversation zwischen ihnen beschränkte sich längst nur noch auf das Wesentlichste.

Er mühte sich aus dem Liegestuhl und schlenderte Richtung Bug. Selbst den Liebenden war es zu heiß geworden. Nun turtelten sie im spärlichen Schatten des Rettungsbootes ihren vorherbestimmten Ehekrisen entgegen. Robert konnte sich nicht an viele Krisen erinnern. Aber bei jenen, die sich in sein Gedächtnis gebrannt hatten, waren stundenlange Diskussionen die Folge gewesen. Darin hatten sie Problem für Problem erörtert und irgendwann eine Lösung dafür gefunden. Erst die letzten Jahre schien sich keiner von beiden mehr richtig um eine harmonische Beziehung zu bemühen. Vielleicht gab es aufgrund der Routine aber auch nur weniger Probleme.

Mittlerweile war er am Bug angekommen. Die idyllisch inmitten der Weinberge gelegene Ortschaft hatte ihn schon damals fasziniert. Robert erinnerte sich gerne an den Betriebsausflug vor drei Jahren. Oben in der Altstadt hatten sie zu Abend gegessen und in einer urigen Beiz den köstlichen Spätburgunder Weißherbst genossen. Zu fortgeschrittener Stunde hatten sich Kollegen erkundigt, ob denn zu Hause alles in Ordnung wäre. Eigenartig, Mitarbeiter schienen sich für sein Befinden zu interessieren, und Marlene hatte bis jetzt noch kein Sterbenswörtchen ihm gegenüber erwähnt. Sonderbar, die eigene Ehefrau, mit der er nun achtundzwanzig Jahre zusammenlebte. Er setzte sich auf den einzig freien Platz. Das Schiff hatte angelegt. Menschen gingen und kamen, und neben ihm hatte eine junge Mutter beide Händen voll zu tun, ihren Kleinen von der Reling fernzuhalten.

Die Kinder ..., ja, die Kinder. Wie würden wohl ihre Kinder reagieren? Thomas, der Familienvater schlechthin. Er, der immer behauptete, es gäbe für alles und jeden eine Lösung. Evelyn hingegen hatte ihre eigenen Eheprobleme. Sie würde ihn verstehen. Glücklicherweise gingen beide schon seit Jahren ihre eigenen Wege. Sie müssten es so oder so zur Kenntnis nehmen.

Die ‚Austria' kehrte dem malerischen Meersburg den Rücken, Robert fröstelte. Der Gegenwind war unerwartet kühl und Robert beschloss, sich an der Theke ein Bier zu genehmigen. So konnte er auf seine Jacke verzichten und vermied es, seiner vielleicht schon wieder aufgewachten Frau Gesellschaft leisten zu müssen.

Sie hatte ihm all die Jahre nichts zu Leide getan. Im Gegenteil. Marlene hatte sich seit jeher wenig um ihn gekümmert und ihn mehr und mehr vernachlässigt. Ja genau, einfach vernachlässigt! Für sie war er nach all den Jahren nicht mehr als ein Möbelstück. Eine Art Kommode, auf der man immer nur abstellte und auflud, diese aber so gut wie nie pflegte.

„Herr Ober, bitte noch ein Bier!"

Das war mit Eva anders. Wann immer er mit ihr zusammen war, fühlte er sich wie ausgewechselt. Ein neuer Mensch, der wieder über alles reden und lachen konnte. In dem es kribbelte, wenn er auf sie wartete und dem die Stunden bis zum nächsten Treffen wie Monate vorkamen. Sie tat ihm gut. Er genoss die wenige Zeit mit ihr. Ihr freundliches Wesen, ihre aufmerksame Art, ihr entzückendes Lächeln, ihre samtweiche Haut, nicht zu vergessen ihre Erotik und ihr unvorstellbar leidenschaftlicher Sex. Er konnte und wollte nicht mehr ohne sie leben. Genau so würde er es Marlene heute beibringen. Er konnte nicht mehr und hatte das ewige Versteckspiel satt. Satt bis obenhin. Immer ein schlechtes Gewissen, wenn er von seiner Geliebten kam. Immer neue Ausreden und immer dieselben Ängste, sich nicht zu verraten.

„Lindau ..., in Kürze erreichen wir Lindau!"

Robert bezahlte drei Bier und leerte mit einem Zug das noch halbvolle Glas. Mit beiden Händen umklammerte er die Reling, starrte auf die sonnengekräuselten Wellen. Das bevorstehende Gespräch bereitete ihm Unbehagen. Ihm war, als bohrte sich eine riesige Hand in seinen Magen, um all seine Gedärme mit langsamer Handbewegung zu zerdrücken. Fluchtartig verließ er das Deck. Seine Hände tauchten ins Wasser, schaufelten seinem Gesicht Kühlung zu. Unsicher betrachtete er sich im Spiegel. Seit seiner Matura war er nie mehr so nervös gewesen.

Wieder an Deck lehnte er sich an die Kabinenwand und schloss die Augen. Bedächtig sog er die frische Luft ein und ließ sie ebenso langsam wieder ausströmen. Dreimal ..., viermal. Seine gesamte Furcht und Nervosität atmete er mit aus. Ließ sie auf dem See zurück. Jetzt war er gerüstet. Aber er musste sich beeilen, er hatte Eva bis heute Abend die endgültige Trennung von seiner Frau versprochen.

Marlene stand an der Reling und unterhielt sich mit einem jüngeren Herrn.

„Wo warst du denn? Darf ich vorstellen ... Martin ..."

„Marlene, ich muss mit dir reden - alleine!"

Im selben Augenblick bereute er seinen Ton. Noch nie hatte er Marlene im Beisein anderer so forsch angesprochen.

Sie wirkte angespannt und betreten, folgte ihm aber widerspruchslos.

In jedem Hafen gab es Möwen, und in jedem Hafen kreischten sie genauso penetrant. Roberts Blicke wechselten zwischen den Luftakrobaten und seiner Frau. Er versuchte krampfhaft, sich seiner zurecht gelegten Worte zu erinnern.

Marlenes Blick flüchtete in die warme Abendsonne. Sie unterbrach die unangenehme Stille als Erste:

„Es tut mir leid, Robert, dass du es so erfahren musst. Da drüben steht Martin, mein Geliebter. Ich werde dich verlassen. Heute noch!"

Bettminiaturen

Gerlinde File

Braune Betten

Am Ende der Reihe stand ein kleines, himmelblaues Bettchen, davor ein lilafarbenes, ein rosarotes, ein hellgrünes, ein hellgelbes, ein weißes Bettchen. Nur das Erste, das Größte war immer noch braun.

Früher waren alle Betten braun gewesen, langweilig braun. Sie waren alle so lange braun, bis Schneewittchen kam. Schneewittchen malte die Bettchen an, schön bunt, eines nach dem anderen. Und so kam Farbe in das Leben der Zwerge. Farbe und Freude und Spiel und Tanz.

Mit der Zeit wurden die Zwerge größer, immer größer und erwachsener, und sie vergaßen Schneewittchen. Sie strichen es aus ihrem Gedächtnis, und sie schliefen wieder in braunen – in langweilig braunen – Betten. Zuletzt wurden selbst ihre Träume braun.

Michelangelo

Auf dem Bett von Michelangelo lagen viele, viele kleine Bilder. Michelangelo stand vor dem Bett und betrachtete sie. Er fragte sich, wo er denn jetzt schlafen sollte.

„Vergiss das Schlafen!", raunten die Bilder. „Wozu willst du schlafen? Du kannst doch malen."

Auch wieder wahr!, dachte Michelangelo, ging zur Staffelei, tauchte den Pinsel in die Farbe und malte.
Er malte .... sich ein neues Bett.

Der Käfer

Auf dem blütenweißen Leintuch meines Bettes lag ein riesiger, pechschwarzer Käfer. Mich schauderte, und der Ekel würgte mich im Hals. Dem Käfer war das egal.

Er schob drei dünne, mit Stacheln bewehrte Beinpaare aus seinem Panzer und fingerte nach meinem Kopfkissen.

„Nein, nicht auf mein Kissen!", schrie ich in Panik, stand ohnmächtig da mit hochgeworfenen Händen und versteinerten Krallen.

Dem Käfer war das egal.

„Verschwinde, verschwinde endlich!", kreischte ich und sprang. Mein ganzer Körper verkrampfte sich, und für einen Moment hatte ich das Gefühl, ich würde in der Luft hängenbleiben.

Dem Käfer war das egal. Er legte gemächlich eine kleine Pause ein.

Durch dunkle Regenwolken stahl sich ein dünner Sonnenstrahl, griff durch das offene Fenster und setzte sich behutsam auf den Rücken des Käfers. Der breitete die Flügel aus und flog zufrieden brummend ins Licht.

„Flieg du nur!", rief ich ihm mit heiserer Stimme nach. Erleichtert schloss ich das Fenster und sah nach meinem Bett.

Auf dem blütenweißen Leintuch lag eine Perle aus purem Gold.

Der Anruf

Alexander Fehr

Friedrich Hummer saß zu Hause an seinem Schreibtisch und sah unter dem gelblich trüben Licht einer Tischlampe seine Unterlagen durch. Er konnte sich nur mit Mühe konzentrieren. Zu aufgeregt war er. Es war schon nach 23:00 Uhr. Von seinem Stuhl aus registrierte er den Mond in der sternklaren Nacht. Wieder war er von seinen Berichten abgeschweift und in Gedanken versunken. Wie viele Jahre seines Lebens hatte er gegeben? Wie viele Stunden, wie viele Wochenenden waren dabei draufgegangen? Es war ihm sogar klar, dass er seine Ehe dafür geopfert hatte. Was war davon noch übrig?

Das grelle Schrillen des Telefons ließ ihn hochschrecken. Dadurch fiel seine Brille hinunter, die er mit der linken Hand hielt, mit welcher er zudem seinen Kopf aufstützte. Obwohl er fieberhaft auf diesen Anruf gewartet hatte, kam er für ihn nun doch etwas plötzlich. Friedrich Hummer rieb seine schweißnassen Hände an seiner Hose ab. Das schrille Läuten durchbrach die absolute Stille seines Büros in einer Weise, als wenn es ihn anschreien würde. Ihm befehlen, zu reagieren. Das widerstrebte ihm in einer unerklärlichen Weise. Irgendwie klang es so unheimlich, beängstigend, bedrohlich. Er konnte nicht einmal sagen, weshalb er zögerte. Vielleicht war es die Angst, dass der Anrufer nicht jene wunderbare Botschaft überbrachte, auf die er so sehnsüchtig wartete. Aber es war unwahrscheinlich. Er selbst hatte schon mit den richtigen Leuten geredet. Friedrich wusste bei jedem Einzelnen, wo seine Schwächen lagen, und genau dort stach er seine Stacheln hinein. Entweder wollten sie von seinem Erfolg profitieren oder sie fürchteten dann, zu den Verlieren zu gehören. Die Anzahl der Stimmen musste also genügen. Außerdem, wen hatte er schon als Gegner? Der jetzige Vorsitzende wollte nicht mehr weitermachen. Johann Seeburger wurde eigentlich nur aufgestellt, damit man nicht von einer geschobenen Wahl sprechen konnte.

Doch dieser blasse unauffällige Mann war ein Niemand. Niemand würde einen Niemand wählen.

Was hatte er nur alles geopfert. Ihm war es bewusst, aber jetzt gab es keine Umkehr mehr, und doch blickte er manchmal wehmütig in Gedanken an die verlorene Zeit zurück. So viele Dinge, die von ihm nicht getan wurden, und so viele Dinge, die er mit Abscheu tat. Seiner Frau war er längst überdrüssig. 20 Jahre Ehe, keine Kinder, keine Zeit. Sie trank nur mehr. Was auch zunehmend peinlich wurde.

Mit zittrigen Händen nahm er den schwarzen Hörer ab, und ein fast tonloses „Johann Hummer" drang aus seiner Kehle, als wenn es sich nicht getraute, in die Welt zu treten.

„Johann, Johann, du hast es geschafft! 97 % haben für dich gestimmt. Wie hast du das nur gemacht? Unglaublich, morgen wird gefeiert."

Jetzt war er der Parteivorsitzende. Der mächtigste Mann in der Partei. Was für eine Karriere! Mit immer noch zittrigen Händen und schweißgebadeter Stirn legte er den Hörer auf. Kerzengerade saß er in seinem lederbespannten Stuhl, beide Arme auf die Arbeitsplatte gelegt. Er grinste.

„Was grinst du so blöd?", drang es von der Tür her.

Obwohl Friedrich Hummer die ganze Zeit in diese Richtung geblickt hatte, hatte er seine Frau gar nicht bemerkt, die in unsicherer Haltung im Türstock lehnte. In ihrer Hand hielt sie ein vollgefülltes Whiskeyglas. Ihr rotes Haar stand ihr wirr vom Kopf ab, und lediglich ein hauchdünnes Negligee bedeckte spärlich ihren nicht mehr so ganz taufrischen Körper.

„Warum trinkst du nur immer so viel? Sieh dich doch einmal an! Du siehst aus wie eine versoffene Kneipenschlampe."

„Sag du nicht Schlampe zu mir! Du hast das aus mir gemacht. Du bist das dreckige Schwein, dass mich zu dem gemacht hat, was ich bin. Du hast mich betrogen und alleine gelassen. Deine Karriere war immer vorrangig." Karin Hummer schrie ihren Mann an, was sie nicht zum ersten Mal tat. Fast jeden Abend betrank sie sich nahezu bis zur Besinnungslosigkeit. So konnte sie die Trostlosigkeit in ihrem Leben besser überwinden. Doch die Kraft, um weiter zu machen, schwand immer mehr.

„Bitte, hör auf damit! Ich bin gerade zum Parteivorsitzenden gewählt worden. Weißt du, was das bedeutet?"

„Hah, du hast es mir oft genug erklärt. Jetzt bist du wer. Ist mir doch scheißegal."

„Nein, ist es dir nicht. Als meine Frau hast du auch Pflichten. Du hast Repräsentationspflichten zu übernehmen. Reiß dich endlich zusammen! Morgen gehen wir zu Doktor Frey, wir müssen dein Alkoholproblem in den Griff bekommen. Ich kann keine Alkoholikerin an meiner Seite gebrauchen. Wie sähe das denn aus? Du hast es mir schon so schwer genug gemacht. Bis jetzt konnte ich dich noch weitgehend aus der Öffentlichkeit raushalten. Doch länger geht es nicht mehr."

„Verstecken wolltest du sagen. Du hat mich versteckt, eingesperrt. Du elendes Schwein, opferst alles und jeden. Ich bedeute dir gar nichts. Du willst mich nur benutzen und zu deinen eigenen Zwecken einspannen. Nicht mit mir!" Voller Wut warf sie das noch halbvolle Glas Whiskey nach ihrem Mann. Sie verfehlte dessen Kopf um nur wenige Zentimeter. Laut krachend landete es an der Wand, wo der Whiskey einen breiten Fleck hinterlassend zu Boden rann.

Friedrich Hummer roch den Alkohol und schaute seine Frau entsetzt an, die torkelnd vor ihm stand und ihn nun höhnisch angrinste.

„Nimm Vernunft an! So kann es nicht weitergehen." Friedrich Hummer war vor seinen Schreibtisch getreten und packte seine Frau mit festem Griff links und rechts an den Schultern. Heftig schüttelte er sie, als wenn er ihr den Alkohol aus dem Körper schütteln wollte.

„Lass mich los, du Versager!" Mit einem ungeschickten Tritt traf sie ihren Mann am Schienbein, der sie daraufhin augenblicklich mit einem Aufschrei losließ.

Nach einem kurzen Moment des Innehaltens, stieg die Wut ihn ihm empor. Ohne es sich eigentlich bewusst zu sein, schlug er mit einer ihm unbekannten Heftigkeit zu. Mit der flachen Hand traf er Karin an der linken Wange. Der Schlag war so heftig, dass sie, durch ihren Rausch in ihrer Standhaftigkeit geschmälert, wie eine Schaufensterpuppe nach hinten fiel.

Friedrich Hummer erschrak selbst über seinen Gewaltausbruch. Das war noch nie geschehen. Er war ein friedlicher Mann und versuchte seine Probleme immer mit Worten zu lösen. Doch die ganzen Umstände, sein endlich erreichtes Ziel und seine betrunkene Gattin, ließen alles anders erscheinen.

Karin lag am Boden. Die Beine leicht angewinkelt. Beide Arme nach hinten ausgestreckt und die Augen geschlossen. Sie war wohl unmächtig. Friedrich Hummer setzte sich völlig ermattet auf die Tischplatte und stierte auf seine Frau hinab.

„Karin, steh auf! Es tut mir leid, steh jetzt auf!"

Sie rührte sich nicht. Dann merkte er, wie ein dünner Faden roten Blutes unter ihrem wirren Haarschopf auf ihn zu rann. Erschrocken blickte er auf den Boden. Wie in Zeitlupe kniete er nieder und hob ihren Kopf an. Darunter befand sich der Türstopper aus schwerem Messing. Bei ihrem Fall war sie mit dem Hinterkopf darauf geknallt. Völlig geschockt fühlte er nach ihrem Puls. Nichts, Karin war tot. Er hatte sie ermordet. Wie in Trance setzte er sich auf seinen Bürostuhl vor dem Schreibtisch und starrte auf Karin hinab um deren Kopf sich schon eine kleine Blutlache gebildet hatte. Es war aus. Seine Karriere hatte auf dem Höhepunkt ihr Ende gefunden. Wie an Seilen geführt, griff er nach dem Hörer und wählte die Nummer der Polizei.

Herr Brett geht baden

Stefan Heinzle

Herr Brett ist wütend. Herr Brett ist nicht nur wütend, er ist auch stinksauer. Herr Brett ist mit dem Badebus unterwegs. Herr Brett dachte, dieser Bus sei günstig, da das Freibad in der Nähe der Konditorei liegt, welche sonntags geöffnet hat und die besten Leckereien der Stadt herstellt und verkauft. Und genau diese Konditorei ist heute das Ziel von Herrn Brett. Alles gut und schön, aber der Bus ist heute kein normaler öffentlicher Linienbus, sondern der Badebus ins Freibad.

Bei Herrn Brett hätten spätestens beim Blick auf das Digitalfeld über der Frontscheibe des Busses – Badebus steht da in riesigen Lettern – alle Alarmsignale aufleuchten müssen. Vielleicht leuchteten sie auch auf, nur Herr Brett übersah sie aufgrund der Vorfreude auf Schokocroissants und die glasierten Haselnussschnecken in der Konditorei, abgerundet mit zwei Eiscafes. Gott straft sofort, denkt sich Herr Brett jetzt. Er sitzt mit diesen aufgedunsenen Wasserköpfen zusammen im selben Bus. Sie müssen wissen, Herr Brett hasst Wasser und alles, was damit zusammenspielt. Immer schon, seit, während und vor seiner Geburt.

Einmal bemerkte ein ganz ungehobelter Arbeitskollege, die Abscheu von Herrn Brett gegen alles Nasse rühre nur daher, weil er – Herr Brett nämlich – nicht schwimmen könne.

Herr Brett lief zornig davon, zumal auch Frau Nagel – seine heimliche Geliebte, heimlich deshalb, weil sie nichts davon weiß – diese Aussage seines Arbeitskollegen gehört hatte. So eine Frechheit, so eine Peinlichkeit!, dachte sich Herr Brett und war den ganzen Tag stinksauer. Natürlich konnte Herr Brett nicht schwimmen, aber was mochte dies bitteschön mit seiner Aversion gegen Wasser zu tun haben? Der eine mag keinen Spinat, der andere keine Ziegen, der dritte keine Heimatfilme und Herr Brett eben kein Wasser. Punktum! Es muss ja nicht immer alles begründet sein. Auch nicht, dass Herr Brett gleichfalls die Personen hasst, die sich am Sonntagmorgen nicht den Schokocroissants und den glasierten Haselnussschnecken, sondern dem Badevergnügen widmen. Herr Brett hasst auch den Busfahrer, den Badefreund mit der roten Schnapsnase.

Auch hier hätten die Alarmglocken klingeln müssen. Wie kann man sich nur den Sonntagmorgen mit Badegastfrachtverkehr versauen? Was muss man da für ein Mensch sein? Und der Lärm in diesem Badebus, der nicht auszuhaltende Lärm! Was hat dies alles noch mit Gottesfurcht zu tun? Kinder, Eltern und Großeltern sind alle vom Badebus angezogen und eingesaugt worden – in diesen verdammten Badebus.

Und Herr Brett mittendrin – eingesaugt und nicht mehr ausgespuckt, obwohl falsch am Platz.

Er muss an Frau Nagel denken. Der Badebus wäre sicherlich sofort sein Lieblingsbus, säße Frau Nagel neben ihm. Er sieht das bezaubernde Lächeln von Frau Nagel neben sich, sobald er die Augen schließt.

Dieser wohlgeformte Körper.

In jeder Kurve, welche der Badebus in flottem Tempo nimmt, schmiegen sich die Körper von Frau Nagel und Herrn Brett aneinander. Er muss sie nächsten Sonntag zur Frühstücksfahrt einladen und ihr dann sofort seine Liebe zu ihr gestehen. Ja, das wird er machen.

Der steigende Lärm lässt die Gedanken an Frau Nagel jäh platzen. Die Badegäste fühlen sich während der kurvenreichen Fahrt wie in einer imaginären Wasserrutsche. Ein Juchhe von hinten nach vorn, eins von vorn nach hinten und ein paar Echos hinterher. Raumgreifend. Immer dicht an Herrn Bretts Ohr vorbei. Sozusagen riesige Wärmestrahler an Herrn Bretts Gute-Laune-Schokocroissants.

Und der Busfahrer labt sich an der feuchtfröhlichen Stimmung. So als wäre der gestrige Abend, die letzte Nacht wieder zu neuem Leben erwacht. Das Partyzelt gegen den Zwölftonner getauscht, die dunklen Augenringe farblich auf die rote Nase abgestimmt.

Die scharfe Kurve direkt beim Badesee nimmt der Busfahrer in rasender Geschwindigkeit. Zu schnell für den unförmigen Linienbus. Plötzlich wird es ruhig. Herr Brett kann sich entspannen, denn es bleibt auch ruhig. Die Wasserköpfe blicken verdutzt in alle Richtungen. Der Buschauffeur blickt achselzuckend zurück. Der Buschauffeur blickt auffällig lange achselzuckend zurück. Als möchte er sich für seinen Fehler entschuldigen. Die Wasserköpfe blicken verzweifelt in Herrn Bretts Richtung. Führen Sie uns zurück zur Party!, scheinen sie tonlos zu flüstern.

Wasserblasen.

Statt Töne Wasserblasen.

Selbst Herrn Brett entweichen Wasserblasen statt Worte.

Das Wasser des Baggersees ist frisch und kühl am Sonntagmorgen wie der Eiskaffee in der Konditorei. Dem Badebus geht es gleich wie Herrn Brett. Welche Peinlichkeit – er kann nicht schwimmen! Zur Nässe gesellt sich die Dunkelheit. Herr Brett hasst Wasser vor allem dunkles, tiefes Wasser. Er wünscht sich den Lärm zurück. Er muss an Frau Nagel denken, während ihm zwei Wasserköpfe unter die Achseln greifen und ihn an die Wasseroberfläche ziehen.

Die Freundschaft der Rosen

Silvia Bösch

Im großen Park des Königs war ein wunderschöner Rosengarten angelegt. Die Rosen waren von edler Gestalt mit kräftig grünem Blätterwerk. Ihr Duft war atemberaubend, und mit ihren strahlenden Farben standen sie in ständiger Konkurrenz mit ihren Artgenossen. Jede Rose wollte die Schönste sein. Des Königs Gärtner liebte sie alle und pflegte und hegte sie mit all seiner Zuneigung. Eine Rose lag ihm besonders am Herzen. Es war eine weiße Rose, die in einer kleinen Ecke des Rosengartens lebte. Sie war von zarter Gestalt, mit feinen hellgrünen Blättern und ohne Dornen.

Warum hatte sie keine Dornen, wo doch alle anderen kleinere oder größere Dornen besaßen?

Manchmal fühlte sie sich dadurch sehr ungeschützt und ausgeliefert. Sie fürchtete sich vom Wind, besonders, wenn er stark durch den Rosengarten blies, erzitterte sie am ganzen Leib und fror. Sie wünschte sich, dass auch sie so stark und dornig sein könnte, wie viele von den anderen Rosen. Doch sie fand sich ab mit ihrem Leben und versuchte, das Beste von sich zu geben, um geliebt zu werden. Dennoch mochte sie ihren Standort, er war geräumig und hell. Sie hatte genug Platz, um sich auszudehnen und verströmte ihren wunderbaren Duft in der ganzen Umgebung.

Eines Tages kam ihr geliebter Pfleger und setzte einen Rosenstock direkt vor ihre Nase. Die weiße Rose war von dieser Idee nicht sehr angetan und wehrte sich, indem sie sich den ganzen Tag von der Sonne bescheinen ließ, um noch schöner und kräftiger zu werden.

Auch die neue Mitbewohnerin in ihrer Ecke nahm die fruchtbaren Sonnenstrahlen auf und begann zu wachsen.

Ihre Triebe wuchsen in Windeseile heran, entfalteten ein kräftiges, dunkelgrünes Blattwerk. Noch war es ein Geheimnis, mit welcher Farbe und mit welchem Duft dieser Eindringling seine Mitbewohner mitsamt dem Gärtner bezirzen würde.

Die weiße Rose spürte bereits Eifersucht in sich aufsteigen. Was tun, wenn diese Rose schöner werden sollte als sie? Sie fühlte Traurigkeit und Wehmut und vermisste bereits die Zeit, in der sie die Alleinherrscherin dieser Ecke war. Sie ahnte wohl, was kommen würde. Sie hatte ein so sorgloses und ruhiges Leben gehabt und hatte keine andere Aufgabe, außer zart und schön zu sein. Das würde wohl bald vorbei sein, wenn diese Pflanzendame ihr großes Geheimnis lüften würde. Sie versuchte, diese destruktiven Gedanken zu verdrängen und nahm sich vor, ihre Zeit der königlichen Schönheit zu nutzen.

Während die weiße Rose sich bemühte, ihr Dasein zu genießen, entwickelte sich die neue Nachbarin zu einer stattlichen Persönlichkeit.

Sie wuchs prächtig heran, und als sie ihre wahre Größe erreicht hatte, entfaltete sich ihr Haupt in einer satten dunkelroten Pracht und Schönheit. Sie war von solcher Herrlichkeit, dass die weiße Rose erstarrte, als sie dies sah. Sie hatte einen kräftigen Körperbau und starke, spitze Dornen.

Die weiße Rose wurde erneut von Eifersucht gepackt, doch gleichzeitig spürte sie auch eine Anziehung, die von dieser allerschönsten Rose ausging. Nun war sie verwirrt. Sie war schöner als sie, und doch war sie fasziniert von ihr. Sie musste sie immerzu betrachten und überlegte sich, wie sie mit dieser Schönheit in Kontakt kommen könnte. Sie wollte diese Rose unbedingt näher kennen lernen, wollte wissen, was sie fühlte und begehrte. Schön zu sein, war ja nur ein Teil des Lebens, dachte sie.

So nahm sie allen Mut zusammen und sprach die schöne Nachbarin an. Die beiden Rosen unterhielten sich sehr angeregt, und zuweilen konnte man beobachten, wie die weiße Rose manchmal ihre Fassung fast verlor, es ihr schwindelte und sie sich öfters stark zur Seite neigen musste, um dem Gehörten standzuhalten. Die weiße Rose spürte dann Müdigkeit in sich aufsteigen, weshalb sie die rote Rose bat, ihr etwas Ruhe zu gönnen. So verabschiedete sich die rote Rose von ihr, um in ihr eigenes Zuhause zurückzukehren. Auch sie wollte die Zeit nutzen, die Dinge, die ihr die weiße Rose erzählt hatte, zu verarbeiten.

Wie zart besaitet sie doch war, dachte sie. Vielleicht war ich zu direkt, zu kraftvoll für sie, überlegte sie. Nicht alle Rosen waren eben so wie sie, so stark und selbstbewusst. Sie war eine Persönlichkeit mit vielen Erfahrungen, hatte schon in vielen Gärten gestanden und das Leben gemeistert, bevor sie wieder verpflanzt wurde. Nicht alle Erlebnisse waren eine schöne Erinnerung, nein, gewiss nicht, vieles davon war anstrengend und lieblos, doch ihr Durchhaltevermögen hatte sie stark und widerstandsfähig gemacht. Sie wusste, dass jede bestandene Prüfung sie noch schöner und prächtiger werden ließ.

So trafen sich diese beiden immer wieder, um sich auszutauschen.

Doch schon bald zog sich die weiße Rose wieder zurück, weil sie glaubte, nie im Leben das erreichen zu können, was ihre Freundin erreicht hatte. Sie fühlte sich verletzt und klein. Sie verkrümelte sich ganz in ihrer Ecke und badete in Selbstmitleid.

Die rote Rose war traurig über den Rückzug der Nachbarin, versuchte es immer wieder, sie aus ihrer Einsiedelei heraus zu locken. Es war zwecklos, die weiße Rose ließ nicht mit sich reden. Sie bemitleidete sich so sehr, dass ihr Duft verblasste und sie müde und welk aussah. Was hatte sie nur so erschüttert, dass sie ihre Kraft verlor?

Die rote Rose ließ sie nun gewähren, obwohl sie die Kommunikation mit ihrer Freundin vermisste. Sie wusste, dass man nichts erzwingen konnte. So besann sie sich wieder auf sich selbst und genoss das einfache Dasein. Doch sie konnte es nicht lassen, immer wieder mal zur weißen Rose hin zu schielen, ihr Haupt zu erblicken, um zu sehen ob sich ihr Zustand verändert hatte. Aber die weiße Dame war ganz in ihrem eigenen Kummer gefangen und wünschte sich sehnlichst, dass sie wieder die alleinige Schönheit ihres Reviers wäre. Sie verspürte wenig Lust auf innere Arbeit und Mühsal in diesem Leben. Sie wollte nur schön sein und geliebt werden. Dennoch nahm sie wahr, dass sich etwas in ihr verändert hatte, seit sie die rote Freundin kennen gelernt hatte. Sie hatte gesehen, wie ihre Freundin stark und selbstbewusst war, wie sie mit all ihren Stärken und Schwächen umgehen konnte. Sie bewunderte sie dafür. Sie erkannte, dass sie auch so sein wollte.

Ach, dachte sie, wenn ich das nur auch erlernen könnte. Doch kenne ich mich selbst genug dafür, weiß ich, was ich wirklich will und begehre, außer schön zu sein?

Während vielen Sonnentagen blieb die weiße Rose in ihrem Versteck, grübelte über ihr Leben nach und analysierte jedes Detail. Nach langer Zeit kam sie zu dem Schluss, dass sie es wagen wollte, aus ihrem alten Leben auszubrechen, etwas Neues wagen wollte. Sie nahm wieder Kontakt zu ihrer Freundin auf, der roten, schönen Rose, um von ihr zu lernen. Sie war nun wissbegierig und wollte alles wissen über das Leben da draußen. Alles, was die rote Rose ihr beibrachte, sog sie gierig auf.

Auch die rote Rose war glücklich, dass sie sich wieder näher gekommen waren, um miteinander zu plaudern, anstatt Konkurrentinnen zu sein. Sie wurde erfüllt von der zarten und innigen Liebe der weißen Rose, die ihr Herz nährte.

So hätte es nun ewig weiter gehen können, im Rosengarten des Königs, doch die Zeit blieb nie stehen, und alles war der Veränderung unterworfen. Eines Tages besuchte die weiße Rose ihre Freundin um ihr mitzuteilen, dass sie nun bereit wäre für neue Erfahrungen und um sich von ihr zu verabschieden.

Nach innigen Umarmungen und duftenden Glückwünschen verließ die weiße Rose ihre Gefährtin. Sie zog sich zurück in ihre Ecke, um zu welken und zu sterben, in der Hoffnung, dass der Gärtner ihr nach dem Tode helfen würde, einen neuen Platz zu finden, um wiedergeboren zu werden.

Während ihre Lebenskraft dahinschwand, schweiften ihre Gedanken noch einmal hinüber zur roten Rosendame, und sie bedankte sich innerlich bei ihr für ihre Freundschaft.

Die rote Rose nahm den Hauch der Freundschaft entgegen und dankte ihrerseits der weißen Rose für ihre Liebe.

Jahr für Jahr erstrahlte die rote Rose erneut in all ihrer Pracht und Herrlichkeit, während die weiße Rose bald einen neuen Standort im Königsgarten bekam. Hier durfte sie neue Erfahrungen machen, die sie erneut aufblühen ließen um noch schöner und stärker zu werden als je zuvor.

Mademoiselle Tarquini

Eric Parisse

Die dritte Unterrichtsstunde, Französisch, sollte in wenigen Minuten beginnen. Ausnahmslos alle waren schon auf ihren Plätzen und rutschten gespannt auf den Stühlen herum. Wir warteten auf die Neue, die jeden Moment mit dem Direktor in die Klasse treten würde.

Punktgenau mit dem letzten Ton der Schulglocke humpelte Dr. Urban zur Tür herein. Das rote Gesicht schwammig wie immer, seine Miene verdrießlich wie eh und je.

Die Neue folgte ihm so dicht auf dem Fuß, dass sie von seiner massigen Gestalt fast verdeckt wurde.

Ich konnte Dr. Urban nicht ausstehen. Das lag weniger an seiner unnachgiebigen Strenge, als vielmehr daran, dass er in der ganzen Zeit, die ich dort zur Schule ging, nie – nicht mal andeutungsweise – das Gesicht zu einem Lächeln verzogen hat. Gott sei Dank musste ich ihn nur im Deutschunterricht ertragen; in diesem Fach konnte er mir nicht am Zeug flicken.

Nun gut, Urban trat in die Mitte vor die Tafel und stellte mit knappen Worten Mademoiselle Michelle Tarquini vor. Sie sei Austauschlehrerin, käme aus Avignon und würde uns dieses Jahr Französisch beibringen. Das war's. Doch bevor er wieder durch die Tür verschwand, drohte er noch: „Wer sich nicht ordentlich benimmt, fliegt von der Schule."

Was wollte er damit sagen? Dass wir sie nicht anpöbeln sollten? Dass wir keine schlechten Witze reißen sollten? Wieso denn auch, wir saßen ja jetzt schon da wie paralysiert und glotzten diese französische Originalausgabe an, als wäre sie das achte Weltwunder. Jede Wette, dass sogar die Mädchen baff waren und sich der Konkurrenzdruck bei ihnen in Sekundenschnelle potenzierte.

Mademoiselle schien es gewohnt zu sein, dass man sie anstarrte. Den linken Fuß leicht angewinkelt, das Gewicht auf dem Rechten, beide Hände auf den Hüften, tat sie furchtbar cool, machte ein ernstes Gesicht und sah uns mit ihren dunkelbraunen, großen Kulleraugen, der Reihe nach prüfend an.

Dann fing sie an zu sprechen. Mit heller Stimme und einem göttlichen Artikulieren der Silben gab sie uns ihr Ehrenwort, kein Wort Deutsch zu reden, dass sie schon mit ganz anderen Klassen zurecht gekommen sei, und wenn wir etwas lernen wollten, kämen wir nicht umhin, uns anzustrengen. Sie sei nämlich sehr streng, müssten wir wissen.

Na ja, ihr Aussehen in meinem Blickfeld, kam mir die Aussage sehr gewagt, sogar ziemlich abstrakt vor. War aber ohnehin Nebensache. Ich hatte von einem Moment auf den anderen beschlossen, bei ihr zu brillieren. Was sich meine Mitschüler zu dieser Parade ausdachten, wusste ich nicht, und es interessierte mich keinen Deut. Ich hockte jedenfalls in meiner Bank, als hätte mich ein Blattschuss erwischt.

War es das lasziv-freche Leuchten aus ihren Augen, das sich allzu offensichtlich hinter einem unschuldig dreinblickenden, sommersprossigen Gesichtchen versteckte? Oder waren es doch mehr die banaleren Dinge, dich mich so faszinierten. Wie etwa die vollen, runden Brüste, die sich erfolgreich gegen das hellgraue Strickkleid behaupteten und mich eine volle Stunde andächtig meditieren ließen? Vielleicht waren es aber auch ihre Beine, die in kniehohen, weißen Stiefelchen steckten, über den Knien jedoch noch gut zwei Handbreit von den schwarz bestrumpften Schenkeln sehen ließen. Wie sich das wohl anfühlen mochte? Der Gedanke reizte mich, und ich schickte ihn auf die Reise. Eine Reise, die mir heute noch in bester Erinnerung ist.

Ich zog sie aus. Genau fünfmal schaffte ich es – in fünf Varianten. Das weiß ich noch so genau, weil ich jedes Mal mit ihren Haaren anfing und den Knoten ihres wundervoll dichten, mahagonifarbenen Haares löste, bevor ich mich weiter nach unten arbeitete. Irgendwo – ich verschlang damals schon jedes erotisch angehauchte Werk, auch Schund genannt – hatte ich einmal gelesen, dass Frauen das mögen. Als ich ihr nämlich gerade zum sechsten Mal den Knoten öffnete, riss mich das barbarische Gebimmel der Pausenglocke aus diesem Traumgebilde und ließ mich direkt in den Hades plumpsen.

Auf die nächste Stunde war ich super gut vorbereitet, glaubte ich zumindest. Ich saß ausschließlich über den Französischbüchern. Andere Fächer existierten nicht mehr für mich. Trotzdem landete ich auf dem Bauch, weil ich die von ihr geforderten dreißig Vokabeln kaum eines Blickes gewürdigt hatte. Aber ich war zu feige, um ihr zu sagen, dass ich stattdessen sämtliche Ausdrücke über Liebe und Erotik gebüffelt hatte. Also buhlte ich vergebens um ihre Aufmerksamkeit. Vielleicht hätte ich mich doch mehr der Hausaufgabe widmen sollen. Ich verabschiedete mich notgedrungen vom realen Leben, sprich Unterricht, und überließ das Denken einmal mehr meiner lebhaften Fantasie.

Bestimmt spürte sie irgendwie, was ich mit ihr machte – jeder Dickhäuter hätte das wahrscheinlich gemerkt. Während sich jede ihrer Bewegungen, jede Nuance ihrer Stimme, ja sogar jeder Lidschlag in meinem Gehirn festfraß, suchte ich dauernd, ihren Blick einzufangen.

Und das wurde ihr dann doch zu dumm. Plötzlich blieb sie vor meiner Bank stehen und starrte mich wütend an. Ohne den Blick von mir zu nehmen, sagte sie spitz, für die ganze Klasse hörbar und ganz offensichtlich um mich bloßzustellen: „Jetzt haben Sie Gelegenheit, mir in die Augen zu sehen, Monsieur. Ich habe keine Angst, und wir werden ja sehen, wer zuerst aufgibt."

Gott, war das peinlich! So vor der ganzen Klasse. Ich spürte, wie mir das Blut ins Gesicht schoss. Andererseits war ich es, der auserwählt war. Ich ganz allein durfte ihr tief und lange in die Augen schauen. Eine ganze Ewigkeit hielt ich ihrem Blick stand. Aber während ich mein Bestes gab und all meinen Charme in die Waagschale, sprich Blick, legte und zu lächeln versuchte, verpasste sie mir eine eiskalte Dusche. Ihre Augen sprühten Blitze, zornig, hochmütig, herablassend, und – was mich am meisten demütigte – sie ließ mich spüren, dass ich für sie nichts weiter als ein minderjähriger Rotzbub war, der sich anmaßte, für sie interessant zu sein. Das tat verdammt weh. Traurig und gekränkt bis auf die Knochen, wandte ich mich ab.

Sie drehte sich um und ging, ohne ein weiteres Wort zu verlieren, wieder nach vorne und setzte den Unterricht fort. Die restliche Zeit der Stunde vermieden wir jeden Blickkontakt, so gut es eben ging.

Ich war verliebt.

Ich fühlte es genau bei dem einen Blick, mit dem sie mich abservierte. Von diesem Moment an spürte ich, dass sie mich nicht mehr loslassen würde und dass es nicht nur erotische Fantasien waren, die sich in meinem Kopf überschlugen. Plötzlich hatte ich auch keinen Hunger mehr, mein Körper spielte verrückt. Was sich anfangs nur im Kopf abspielte und sich relativ klar definieren ließ, war nun auf einmal zu einem bleiernen Klotz auf der Brust geworden.

Die Tage und Stunden zwischen den Französischstunden durchschwebte ich in einem Schleier aus Wirklichkeit und Träumerei, in einem fiebrigen Zustand, in dem es keine Rolle mehr spielte, welche Schmerzen einen plagen, wo man nur noch hofft, dass es aufhören möge. Dass man wieder klar wird. Plötzlich war ich auch noch eifersüchtig auf jede noch so kleine Aufmerksamkeit, die sie anderen zukommen ließ. Im Übrigen tat ich das, was unbedingt notwendig war, um nicht von der Schule zu fliegen, ansonsten ging mehr oder weniger alles an mir vorbei, was nicht unmittelbar mit Mademoiselle Tarquini zu tun hatte.

So saß ich dann auch am letzten Schultag vor den Weihnachtsferien ziemlich niedergeschlagen in der Bank. Wie sollte ich zwei Wochen ohne sie überstehen? Das war unvorstellbar.

Dann stand sie plötzlich vor mir und platzte mit strenger Stimme mitten in meine Tagträumerei. Sie müsse in der Pause mit mir sprechen, teilte sie mir knapp mit.

Die restliche Zeit sinnierte ich darüber nach, um was es bei dem Gespräch gehen konnte. Meine Noten waren nicht schlecht, obwohl ich den Verdacht hatte, dass sie bei der Beurteilung meiner Arbeiten besonders streng verfuhr. Als es bimmelte, blieb ich sitzen, bis sich die Klasse geleert hatte, und wartete darauf, für irgendwas einen Verweis zu bekommen. Stattdessen schrieb sie etwas auf einen Zettel und gab ihn mir mit den Worten: „Ihre Aussprache, Monsieur, lässt sehr zu wünschen übrig. Sie sollten mehr üben. Ich schlage deshalb vor, dass Sie mich am Samstagnachmittag besuchen, dann üben wir ein wenig Konversation."

Ich nickte, schluckte, nickte noch einmal. Eine Hitzewelle aus Scham, Freude und Erwartung fuhr in mir hoch, und ich glühte urplötzlich wie ein Saunaofen. An meinen Ohren klebte ein Bügeleisen.

Sie sah großmütig über mein psychisch-physisches Schlamassel hinweg, drehte sich mit einem Lächeln um und schwebte durch die Tür.

Die zwei Tage bis Samstag würde ich nie überstehen. Ich erzählte niemandem ein Sterbenswörtchen, und das machte die Warterei fast unerträglich. Entweder mein Herz weigerte sich, weiter zu schlagen, oder mein Verstand setzte aus. Von Schlafen war sowieso keine Rede. In den Nächten spielte ich das Treffen mit Michelle in mindestens hundert Varianten durch. Die kühnsten Vorstellungen gingen soweit, dass ich mit ihr durchbrannte. Ich sah mich in den Straßen Avignons Kohlensäcke schleppen, um für meine Geliebte zu sorgen.

An den Samstagen ließ man mich normalerweise ausschlafen, das hieß, solange im Bett bleiben, bis ich von selbst aufstand. Als ich an jenem bewussten Samstag aber schon um acht Uhr aufstand, eröffnete man mir schonungslos, dass ich meinem Onkel bei der den Nachmittag ausfüllenden Hausschlachtung zu helfen hätte. Ausreden wie für eine Schularbeit lernen oder Hausaufgaben machen zu müssen, kamen nicht in Frage, weil ja gerade die Ferien anfingen. Ausnahmsweise blieb ich mal bei der Wahrheit. Ich lief zu meinem Onkel und bot ihm an, den ganzen Vormittag den Stall zu misten, wenn ich dafür am Nachmittag frei bekäme. Zuerst noch misstrauisch, grinste er schließlich verständnisvoll, als ich ihm erzählte, dass ich mit meiner Professorin Französisch lernen wollte. Bei seiner Frage „Ist sie hübsch?" lief ich wieder rot an, aber ich hatte gewonnen.

Geschrubbt bis auf den letzten Zehennagel lief ich zum Bahnhof und fuhr nach Rankweil. Auf der Strecke zwischen Bahnhof und Sennerei klopfte das Herz zwar rasend schnell, aber noch in der richtigen Höhe. Mit jedem Schritt auf dem letzten Stück von der Sennerei in die Langgasse schlug es ein bisschen höher, und als ich vor dem angegebenen Haus stand, dröhnte mir der Schädel. An der Gartentür blieb ich stehen. Ich wusste nicht mehr weiter. Sollte ..., konnte ..., durfte ich? Ich hatte keine Lust, französisch zu lernen ..., obwohl, ihre Nähe ganz für mich allein zu spüren, war eigentlich schon genug. Bilder überschlugen sich in meinem Kopf, so abrupt in der Reihenfolge wie in ihrem Ausdruck. Das Spektrum zog sich vom gelehrigen Schüler zum heimlichen Geliebten bis hin zu einer unzertrennlichen Liebe. Ich, ein einfacher Bub vom

Land, gerade mal knapp über fünfzehn, mit einer zwanzig-jährigen Lehrerin, welch eine Liaison!

Die Haustür ging auf. Ich hatte keine Zeit mehr, mir über meinen Schweißausbruch Gedanken zu machen, denn sie winkte mich aufmunternd zu sich und schloss die Tür hinter mir ab. Sie bat mich in die kleine Stube, die einfach eingerichtet war, aber durch die niedrigen Decken einen urgemütlichen Eindruck machte. In einer Ecke stand der obligate Hausfreund. So nannte man damals einen Ofen, der mit Sägemehl beheizt wurde. Im Halbdunkel des Zimmers hob sich das Blechmonster mit dem Rauchrohr wie eine glühende Pfeife ab.

Ich zog meine Winterjacke aus und setzte mich brav auf einen Stuhl.

Michelle fragte mich, ob ich ein Glas Wein möge.

Ich mochte nicht. Wein schmeckte grausig. Ich bat um etwas anderes, egal, was. Der erste Fauxpas. Lass dich nie mit einer Französin ein, wenn du kein Weintrinker bist!

In Frankreich wachsen die Kinder mit Wein auf, klärte sie mich auf.

Schön und gut, aber um sich zu unterhalten, brauchte man doch keinen Wein, dachte ich. Darauf, dass sie sich selbst in Stimmung bringen wollte, kam ich nicht. Die Verschmähung meinerseits hielt sie jedenfalls nicht davon ab, sich großzügig einzuschenken.

Sie setzte sich mit dem Glas in der Hand auf das Sofa und klopfte mit der anderen Hand auf die freie Stelle neben sich. Ich setzte mich neben sie. Meine Gefühle schlugen meterhohe Wellen. Nie im Leben hätte ich gedacht, dass ich ihrem Körper so nah kommen würde. Ich fühlte, wie die Wärme ihres Körpers, vermischt mit einem betörenden Duft, auf mich überging und langsam an meiner Seite hoch kroch. Wie ein plötzlicher Fieberanfall. Sie roch himmlisch. Dann fragte sie mich im Plauderton, ob ich wüsste, warum sie mich eingeladen hätte.

Ich zog die Schultern hoch und schaute sie vermutlich ziemlich dämlich grinsend an.

„Aber Monsieur", entrüstete sie sich, „können Sie sich das wirklich nicht denken?"

Ich schüttelte verwirrt den Kopf. Was sollte ich antworten? Jedes Wort konnte verkehrt sein, konnte alles kaputt machen. Also schwieg ich.

Sie nahm einen großen Schluck aus dem Glas und stellte es ab. Dann wandte sie sich ganz zu mir und suchte meinen Blick. Fest und tief blieb sie in meinen Augen vergraben. Dieselbe Situation wie im Unterricht damals. Auge in Auge; aber jetzt war ihr Ausdruck zärtlich und samtweich wie der Blick eines scheuen Rehs.

„Ihre Augen Monsieur", sagte sie leise. „wissen Sie noch, wie wir uns angestarrt haben? Sie haben mich mit ihren Augen eingefangen."

Warum erinnerte sie mich gerade daran? Worauf wollte sie hinaus?

„Sicher. Aber ich dachte, Sie mögen mich nicht? Sie haben mich richtig kalt und herablassend angeschaut."

„Verstehen Sie denn nicht, Monsieur. Ich musste doch gerade mit Ihnen sehr streng sein, weil ich sonst alles sofort zerstört hätte. Wenn ich mich nur ein kleines bisschen darauf eingelassen hätte, wäre das sofort aufgefallen, und man hätte mich suspendiert. Überhaupt …, so wie Sie sich benommen haben …", sagte sie lächelnd. Da spielte sie wohl darauf an, wie ich sie optisch in Einzelteile zerlegt hatte.

Mir fiel auf, dass wir uns nicht duzten, sondern immer noch beim unpersönlichen Sie geblieben waren. Ich sagte es ihr.

Sie sei es so gewohnt, antwortete sie darauf. In Frankreich rede man jeden per Sie an, außer man sei sehr gut miteinander bekannt, aber sie werde mich ab jetzt duzen, wenn ich es wolle.

„Und warum tust du's jetzt? Ich meine, dass ich hier bin. Hast du keine Angst mehr, dass das rauskommt?" Sie ließ sich Zeit mit der Antwort. So, als ob sie überlegen müsste, ob sie mir das anvertrauen sollte oder durfte. Die Antwort richtete sie dann auch an den Ofen gegenüber und nicht an mich.

„Nein, weil ich nach den Ferien nicht mehr da bin. Ich gehe wieder zurück, nach Paris."

Das saß. Mein Luftschloss platzte von einer Sekunde auf die andere.

„Aber warum denn?", fragte ich tonlos. Mir war schlecht geworden. Ich bekam keine Luft mehr und griff trotzdem nach der Limonade und den Keksen, die auf dem Tisch standen. Nur damit ich irgendetwas mit meinen Händen anfangen konnte.

„Das ist normal. Austauschlehrerinnen bekommen nur einen Vertrag für drei Monate", klärte sie mich auf.

Ich möchte mit dir gehen, mit dir leben, erwiderte ich heftig, doch man hörte keinen Ton davon. Die Worte kamen nicht heraus, und die Kekse gingen nicht hinunter.

Behutsam legte sie mir den Arm um die Schultern. Dann küsste sie mir die Tränen von den Augen und flüsterte immerzu: „Nicht weinen, mon ami." Dann fühlte ich plötzlich ihre Lippen auf meinen, sanft und seidenweich.

Ich geriet dermaßen in Aufruhr, dass ich die Welt und damit auch jegliche Contenance vergaß. Ja, ich stürmte, ich stürzte, ich taumelte in einen wahren Sinnesrausch.

Diese Weihnachtsferien waren nicht wiederholbar. Nein, so etwas würde es nie wieder geben. Die wahre Liebe war es jedoch nicht gewesen. Ich fühlte es, als ich sie verabschiedete und nicht weinte. Dass keine Tragödie daraus wurde, war ihr Verdienst. Weil sie bis zuletzt eine Distanz bewahrte, die notwendig war, dass wir uns nicht verlieben konnten. Offen blieb nur die Frage, war es ein Schutz für sie oder für mich?

Spaß an (der) Freud

Gerlinde File

„Spannenlanger Hansl,
nudeldicke Dirn!
Geh'ma in den Gart'n,
schütt'l ma die Bir'n.
Schüttelst du die groß'n,
schütt'l ich die klein'.
Wenn as Sackerl voll is,
geh'ma wieda heim!"

Der Hans drückt das Lieserl an sich, was das Zeug hält, und flüstert ihr ins Ohr: „Meinst net, 's wär Zeit zum Birnen schütteln?"

„Was jetzt, mitt'n in da Nacht?", fragt das Lieserl mit glänzenden Augen.

Und schon dreh'n sich die beiden wieder zur Polka. Eins, zwei drei, vier, eins, zwei, drei, vier, ...

Der Abend ist perfekt. Kirtag, die Musi spuit, Ende September, eine laue Luft wie mitten im Sommer, und der Vollmond dreht sich über den Himmel, als ob er tanzen möcht wie die Leut' da unten.

Der spannenlange ‚Hahnsel' in der Krachledernen vom Hans freut sich über eine gute Aussicht, auch wenn der Laden noch zu ist, und dem Lieserl pumpert das Herz in ihrem mehr als wohlgeformten Leib, während ihr der ausladende Busen förmlich aus dem spitzenbesetzten Ausschnitt ihres Festtagsdirndls hüpft.

Der Tanz ist aus, der Hansl drückt seinem Lieserl verwegen einen dicken Schmatz aufs linke Wangerl und einen zweiten übermütig auf das verführerische Dekolleté.

„Ja spinnst denn du, vor alle Leut'!", zischt die Liesl, gibt dem Hansl einen Schubs und rennt auf und davon in die Nacht hinaus, über die taufeuchte Wies'n und weiter in den Obstgarten vom Nachbarn. Der Hansl hinterher wia da Närrsche. Jetzt haben endgültig alle bemerkt, was sich da so ganz heimlich abspielt. Die Festgäste grinsen sich eins.

Das is' aber auch a küssige Luft heut!, denkt sich die Mutter, schaut ihrem Lieserl wehmütig nach und drückt ihrem Franzl die Hand verdächtig fest um die Hüften. Der alte Opa nimmt ein paar kräftige Züge aus seinem Bierglas, und der glücklose Seppl lässt wehmütig seinen Blick über die Reihe der Mädchen schweifen. Ein selbstvergessener Zucker entringt sich seinem Unterleib. Erschrocken und verschämt senkt er den Blick und vertieft sich in seinen Rotwein, wenn's für ihn schon sonst nichts zum Vertiefen gibt.

Unter einem großen Birnbaum erwischt der Hans das Lieserl am Schürzenbandl, die Masche geht auf und der verdutzte Hans steht da mit der Schürze in der Hand.

Liesl dreht sich um. „Gibst die Schürzn wieda her!", fordert sie mit drohendem Unterton, aber ihr Gesicht lacht wie eine Sonnenblume, der ein ganzer Schwarm Bienen um die Nase fliegt.

Der Hansl hält die Schürze wie ein Torero sein rotes Tuch.

„Wenn'st die Schürze willst, dann musst schon herkommen!" fordert er hinterlistig.

„Da kannst lang warten!", gibt sie ihm patzig zurück und wiegt verführerisch ihre schürzenlosen Hüften. Durch den Schlitz im Rock vom Dirndl, der normalerweise von der Schürze bedeckt ist, blitzt die weiße Unterwäsche.

Hansl geht zum Angriff über.

Liesl weicht im letzten Moment aus, und der arme Hansl fliegt der Länge nach auf den Boden. Jetzt muss die Liesl ihn natürlich trösten. Sie kniet sich über ihn, dreht ihn herum und schaut ihm grad in die Augen.

„Wart nur, du nudeldicke Dirn du, dir wer' ich's schon zeig'n!", scherzt er und knuddelt sie an der Taille, dort, wo das süße Fleisch so richtig schön in die Breite quillt. Eine große, saftige Birn hat er sich da aufgelesen.

„Was nudeldick? Wo is' denn da die dicke Nudel, ha?", feixt übermütig lachend die pralle Dirn.

„Drin!", sagt lakonisch der Hansl, und auf einmal ist es eine ganze Weile mucksmäuschenstill.

Und dann geh'n sie an die Arbeit, die beiden, da wird geschüttelt, was das Zeug hält. Der unverschämte Mond am Himmel kriegt Stielaugen, aber just in dem Moment schiebt sich eine tugendhafte, kleine, weiße Wolke dazwischen.

„Jetz is' as Sackerl aba voll", seufzt die Liesl irgendwann zufrieden, und der Hans lässt leicht erschöpft den Kopf auf ihre Schulter sinken.

„Wirklich voll? Randvoll?", flüstert er ihr ins Ohr und ist noch nicht so ganz überzeugt. „Geh ma wieda heim!", meint er auffordernd. „Da könna ma fleißig weita übm mit 'm Birnen-Schütteln und mit'm Sackerl füllen! So gründlich, as vasprich i dia, bis was Kleins drinnan wachst. Meinst net?"

Und Liesl hat offenbar gar nichts dagegen einzuwenden. Ganz zahm nimmt sie ihn an der Hand und folgt ihm ins Haus. Schließlich sind die beiden seit zwei Wochen verheiratet und können es im Grunde gar nicht mehr erwarten, so ein kleines, süßes Birndal in Händen zu halten.

Und wenn's erst einmal so weit ist, dann werden sie dem Kleinen, wie Generationen von Eltern davor, mit völlig unschuldigen Kinderliedchen und ach wie braven Märlein die Zeit versüßen.

Warum nicht gleich

Klaus Höfle

Nun hatte er den ganzen Keller durchsucht. Aber der Gaskocher war nicht aufzutreiben. Die vage Vermutung, dass dieser bei der vor Monaten durchgeführten Aufräumaktion wie so vieles auf dem Dachboden gelandet war, bestätigte sich leider nicht. Ratlos schloss er die Dachbodenluke und begab sich erneut in den Keller. Ganz sicher hatte er nach dem letzten Urlaub alle Campingutensilien wieder ordnungsgemäß verstaut. Also durchsuchte er den Keller aufs Neue. Dieses Mal durchforstete er auch die entlegensten Winkel der vollgepferchten Stellagen. Aber es war wie verhext. Der Kocher blieb verschwunden.

Es würde ihn nicht wundern, wenn seine Frau das Teil in einer Anwandlung von Putzfimmel anderweitig verstaut hatte. Der Gedanke an den Vorratskeller schien die letzte Rettung. Sie hatte diesen erst kürzlich zum Zweitlager für jährlich höchstens einmal zu gebrauchende Küchenartikel adaptiert.

Diese eine Chance gab er ihr noch. Er hatte bei Gott Besseres zu tun, als diesem verdammten Campingkocher nachzustellen. Aufs Neue begann er, Regale und Behälter durchzukramen: Ohne Erfolg. Grob stieß er die letzte Schachtel ins Regal zurück. Zu spät sah er die wankende Vase und noch bevor er danach greifen konnte, zerbarst Tante Annas Erbstück auf dem Fliesenboden. Nun war die Vase hin und das Fass voll!

Ohne sich um die in alle Himmelsrichtungen verstreuten Porzellansplitter zu kümmern, trampelte er geradewegs ins Obergeschoss. Im Schlafzimmer war seine Frau beschäftigt, die Koffer zu packen. Heftig stieß er die Türe auf und ohne seine verdutzte Frau zu Wort kommen zu lassen, ließ er seinem Zorn freien Lauf: „So, und jetzt sag mir sofort, wo du den verdammten Gaskocher versteckt hast!"

Gemächlich packte sie die letzte Bluse in den Koffer und konnte sich ein Grinsen nicht ersparen: „Also wirklich, ich habe ihn geputzt und im Kofferraum verstaut. Das habe ich dir doch gestern schon erzählt!"

Herr Brett reist zum Mond

Stefan Heinzle

Herr Brett ist es leid, ständig die tollsten Urlaubsgeschichten seiner Arbeitskollegen hören zu müssen.
Da wird von Tigersafaris in Indien berichtet. Es werden
ihm zum Erklären der Nordpolexpedition erfrorene Zehen
gezeigt. Bilder mit irgendwelchen schwarzen, halbnackten
Personen in die Runde gereicht. Exotische Blumen,
exotische Tiere, exotische Berge, exotische Landschaften
bis ins letzte Detail beschrieben. Herr Brett ist es einfach
leid. Denn Herr Brett weiß selber keine tollen Urlaubsgeschichten zu berichten. Er kann unmöglich von seiner
Hauptbeschäftigung während seines Urlaubs erzählen:
Blumengießen auf seinem vier mal zwei Meter großen
Balkon, Talkshowsendungen von 11 bis 17 Uhr im Fern-
sehen gucken, Kreuzworträtsel lösen, hinter Nachbarn
herspionieren. Nein, das muss ein Ende nehmen!

Herr Brett beschließt, richtig Urlaub zu machen. Herr
Brett wird zum Mond reisen. Jawohl, er wird zum Mond
reisen! Da werden die Urlaubsgeschichten der Arbeitskollegen zur glatten Trivialliteratur verkommen, wenn sein
Reisebericht den Nobelpreis erhält.

Voller Tatendrang besucht er am folgenden Tag das
nächstgelegene Reisebüro.

„Ich möchte zum Mond reisen", gibt er zur Antwort auf
die Frage der netten Angestellten, was er denn wünsche.

„Wohin möchten Sie reisen?", fragt die nette Angestellte
etwas verdutzt.

„Ich möchte zum Mond reisen!", erwidert Herr Brett voll
Tatendrang und Selbstbewusstsein.

„Hin und retour, oder nur Mond einfach? Mit Rakete, mit
Flugzeug, mit Ballon oder zu Fuß? Erste Klasse, zweite

Klasse, Mondfahrtstandardklasse? Nichtraucher, Raucher oder Kettenraucher? Liege-, Steh- oder Sitzabteil? Vorne, hinten, in der Mitte oder außen am Gepäcksträger? Bezahlung bar, Visa oder in Naturalien?"

Jetzt ist Herr Brett ein wenig verdutzt. Er hat nicht geahnt, dass man hier an so viele Sachen denken muss, nur um einmal richtig Urlaub zu machen.

„Ich werde es mir erst noch überlegen. Wenn ich die Antworten auf all Ihre Fragen habe, komme ich zurück."

„Ist in Ordnung. Und vergessen Sie das Visum nicht! Das müssen Sie sich als Erstes besorgen!"

Ein Visum? Auch das noch! Herr Brett ist doch ein bisschen enttäuscht.

Am nächsten Tag fragt er Frau Nagel – seine heimliche Liebe, heimlich deshalb, weil sie nichts davon weiß – ob sie denn wisse, wo man sich ein Visum für ein weit entferntes Land besorgen könne?

In der Botschaft des jeweiligen Landes hier in Österreich natürlich, antwortet sie ihm so selbstverständlich, als würde man das bereits in der Unterstufe lernen. Teilweise würden sie es schon über Ebay im Internet versteigern – www.ebay.at ergänzt sie, als sie merkt, dass Herr Brett diese Internetseite nicht kennt.

Herr Brett überredet danach Frau Nagel, ihm dieses Ebay zu erklären. Woraufhin er sich zu Hause vor seinen Computer setzt und nach einigen Tagen zum Schnäppchenpreis von zweihundertfünfzig Euro ein Visum für und einen Bauplatz auf dem Mond ersteigert hat. Einzeln wäre die Geschichte wesentlich teurer gekommen, beruhigt er sein schlechtes Gewissen. Am nächsten Tag steuert er fröhlich in Richtung Reisebüro, erwischt die nette Angestellte noch, bevor sie sich aus dem Staub machen kann, und setzt sich ihr gegenüber auf den Kundensessel.

„Ich möchte die Reise zum Mond bestellen. Hin und Retour, mit Ballon wegen der schönen Aussicht, Mondfahrtstandardklasse, Nichtraucher, Sitzplatz in der Mitte und Bezahlung mit meiner Kreditkarte", platzt es aus ihm heraus, noch bevor die nette Angestellte ihn begrüßen kann.

Ungläubig tippt sie auf ihre Tastatur und schüttelt immer wieder den Kopf in Richtung Bildschirm.

„Sie haben Glück, diese Fahrt ist momentan gerade in Aktion, 10 % günstiger als normal!"

„Dann habe ich ja den richtigen Zeitpunkt gewählt." Sein Lächeln umfasst mittlerweile die Hälfte seiner Gesichtsfläche.

„Das macht dann nur mehr einhundertfünfundachtzigtausendzweihundertdreiundneunzig Euros und 22 Cents."

Ein schelmisches Grinsen überzieht ihr Gesicht.

„Ja, mh, mh, ja, dann werde ich ihnen die nächsten Tage Bescheid geben", verspricht Herr Brett und verschwindet schleunigst in den Abendverkehr.

Sein Lächeln verliert er während seines schnellen Abgangs. Zuhause angekommen, überlegt sich Herr Brett, wie sich seine Arbeitkollegen diese teuren Urlaubsreisen leisten können. Dies kann nur an deren Gehältern liegen, ist sich Herr Brett sicher. Er beschließt, seinen Chef um eine Gehaltserhöhung zu bitten. Die genaue Argumentation wird er sich im Zuge seines Urlaubs beim Blumengießen auf seinem vier mal zwei Meter Balkon ausdenken.

Ein ganz normaler Tag

Alexander Fehr

Ich lebe jetzt schon seit mehr als sechs Jahren in New York. Warum? Weiß der KuckKuck, warum! Kann man es wirklich erklären, weshalb man freiwillig in einer verdreckten, gefährlichen Großstadt leben will, verdammt?

Manchmal herrscht Krieg hier, und man muss höllisch aufpassen, nicht in eine Schlacht zu geraten. Doch mit der Zeit kennt man sich aus und weiß, wie es geht. Aber heute war so ein Tag, wo ich mich wirklich fragte, was ich hier eigentlich verloren habe.

Ich stamme aus einem kleinen Nest aus einem verdammt verlorenen Staat, und es spielt überhaupt keine Rolle, woher genau. Denn ich könnte von überall herkommen. Viele, die hier sind, kommen aus den letzten Gegenden und hoffen, in New York das zu finden, wonach sie ihre ganze Jugendzeit über gesucht haben. Doch die Wenigsten schaffen es nur im Ansatz. Selbst wenn sie erfolgreich sind, bleibt die Einsamkeit eines Großstadtlebens. Und eines ist gewiss, umso höher du kommst, umso weniger Menschen umgeben dich.

Ich gehöre zu den Erfolgreichen. Habe das College besucht und mein Wirtschaftsstudium an der Ostküste abgeschlossen. Bester Abschluss einer Eliteuni; welcome in New York, solche Leute wurden gesucht. Ich hörte den Ruf und folgte ihm blind.

Ich arbeitete mich langsam hoch. Sozusagen vom Erdgeschoss in die oberste Chefetage des höchsten Wolkenkratzers, im Herzen Manhattens. Jetzt bin ich 31 und Abteilungsleiter eines gigantischen Versicherungsunternehmens mit drei Milliarden Dollar Jahresumsatz. Und ich gehöre zu denen, die viel zu sagen haben und deshalb viel abräumen. Doch der Beginn war anders.

Ich konnte mir kaum die Miete in dieser gottverdammten Stadt leisten, wo für das letzte Loch noch 1.000 Dollar verlangt wird. Zusätzlich zu meinem Hungergehalt bekam ich jeden Tag ein Ticket für die U-Bahn. Meistens ging ich aber zu Fuß, um die Tickets fürs Wochenende zu sparen. Ich konnte sie mir sonst einfach nicht leisten. Mir muss also keiner erzählen, was es heißt, wenig zu haben.

Heute Morgen stand ich auf und es regnete. Im Herbst regnet es oft in New York. Ich kroch aus meinem zerwühlten Bett und ohne das Licht anzumachen stolperte ich zum Fenster meiner 90 m² Penthousewohnung. Wenn kein Nebel ist, kann ich sogar den Central Park erkennen. Alleine für diesen Blick kostet die Miete ein Drittel mehr. Weshalb leistete ich mir nur diesen verdammt teuren Ausblick vom 22. Stock, wenn ich doch keine Zeit habe, ihn zu genießen? Wenn ich Pech habe, knallt sogar mal ein fanatischer Araber mit einem geklauten Flieger in mein Wohnzimmer, und dafür zahle ich auch noch. Mann, ich hab wirklich einen Schatten!

Verschlafen drückte ich auf den Knopf meiner chromglänzenden Espressomaschine und ließ mir meinen ersten Kaffee von vielen, die vermutlich an diesem Tag noch folgen sollten, heraus. Irgendwie hatte ich eine eigenartige Stimmung. So stand ich mit meinem Kaffee in Unterhosen vor dem raumhohen Fenster und sah zu, wie die Regentropfen auf der Scheibe ihren Weg nach unten suchten. Ich folgte dem einen oder anderen und bemerkte, wie trüb und grau da draußen alles war. Selbst das Grün der vereinzelten Bäume trug einen grauen Schimmer. Die schweren, schwarzen Wolken wirkten so bedrohlich und doch schön. Aber alles Grau in Grau.

Nach einer heißen Dusche war ich soweit fit. Ich suchte mir einen dunklen Anzug, der zum Wetter genial passte, und band mir eine gestreifte Krawatte um. Ein letzter Schluck aus der Kaffeetasse, bevor ich mein Apartment verließ. Im Flur zog ich mir noch schnell meinen Mantel über und stieg in den Lift. Nach ein paar Minuten stand ich mit meinem Aktenkoffer in der Hand auf dem Gehsteig. Ich überlegte kurz und entschied mich, nicht mit der U-Bahn zu fahren, was so gar nicht meiner Gewohnheit entsprach. Ohne erklären zu können, weshalb, tat ich es.

Mein Büro liegt nur zehn Blocks weiter. Es ist also ein Weg von vielleicht 20 Minuten. Es nieselte nur mehr, und ich zog meinen Kragen etwas höher. Die Hände tief in meinen Mantel vergraben. Es war mir egal, dass der seichte Regen auf meinen ungeschützten Kopf prasselte. Die Autos, die an mir vorbeifuhren, spritzten das Wasser in hohen Bögen von sich, und alle hatten sie die Scheinwerfer an. Diese leuchtenden Augen strahlten in den heranwachsenden Morgen und ließen nur alles noch düsterer erscheinen.

Nur wenige Menschen hasteten auf dem breiten Gehsteig dahin. Die meisten zogen wohl die blechernen Fortbewegungsmittel vor, die sie sonst so sehr beschimpften, weil sie so massenhaft auftraten. Aber jetzt im Regen waren sie etwas Göttliches, Schützendes. Selbst hier schlich sich die Scheinheiligkeit der Stadtmenschen ein.

Ich zog an Geschäften vorbei und kleinen Buden, wo die Menschen gleichgültig hinter den schmutzigen Scheiben saßen und wahrscheinlich nicht wussten, was sie mit diesem verregneten Tag anfangen sollten.

In einem Winkel fiel mir ein Obdachloser auf. Er hockte auf dem Gehsteig, in einem Eck, wo der Regen nicht hinkam. Aber das Wasser rann trotzdem auf dem Asphalt dahin. Er hatte sich Plastikfolien ausgelegt und konnte so ein wenig sicher sein vor der Nässe. Ich blieb stehen und starrte ihn an. Es war ein furchtbarer Anblick. Dieser alte Mann mit den langen, vor Schmutz starrenden Haaren und dem verfilzten Bart. Ein ekelhafter Gestank kam mir entgegen und machte mir das Atmen schwer, und doch blieb ich stehen.

Ich fragte mich, was musste im Leben dieses Menschen passiert sein, dass er hier gelandet war. Konnte mir das auch passieren? Konnte das jedem passieren? Oder war er einfach nur ein schwacher, ein fauler Mensch, den jetzt sein lebenslänglicher Müßiggang eingeholt hatte? Schwer zu sagen. Selbst wenn ich ihn gefragt hätte, würde ich mit aller Wahrscheinlichkeit nicht die Wahrheit erfahren haben.

Der Mann betrachtete mich mit seinen traurigen, wasserunterlaufenen Augen. Langsam, als wenn es ihn die größte körperliche Anstrengung bedurfte, hob er seine Hand, bettelnd. Zuerst bemerkte ich es nicht, bis er irgendetwas murmelte und ich aus meiner Lethargie erwachte. Seltsam abwesend und irgendwie beschämt, griff ich in meine Tasche und zog einen Fünfdollarschein hervor. Der Mann grinste übers ganze Gesicht, und die Freude war fast körperlich zu spüren. Ich hatte den Mann im Augenblick glücklich gemacht. So einfach ging das. In diesem Moment kam mir in den Sinn, was ich alles besaß. Wie viel sinnlose Sachen ich hatte und nie verwendete. Alleine mit diesem Geld könnte der Mann vermutlich den Rest seines Lebens halbwegs normal über die Runden kommen. Wie ungerecht doch alles verteilt ist. Natürlich, ich hatte mir alles selbst erarbeitet. Niemand hatte es mir geschenkt: Ich musste mich dafür nicht rechtfertigen, und doch tat ich es.

Ein kalter Wind zog um meinen Nacken. Ich wollte weg von hier, von diesem ekelhaften Ort. Von diesem Mann, der mich beschämte. Weg von dem Elend, das mir hier ins Gesicht gestoßen wurde. Meine Schritte beschleunigten sich. Nun sah ich sie. Ich sah sie alle, diese vielen Obdachlosen, die hier überall herumlungerten. Oft war ich hier entlanggegangen und hatte sie nie wirklich wahrgenommen und wenn ich sie registriert hatte, störten sie mich nur. Ich fragte mich dann, wo die Polizei ist, weshalb hier nichts unternommen wurde? Weshalb wir Steuerzahler diesen Anblick erdulden mussten? Jetzt taten sie mir leid, und ich schämte mich, so viel zu haben, während sie gar nichts besaßen.

In meinem Büroturm herrschte schon geschäftiges Treiben, und ich zwängte mich mit einem Haufen anderer in die Liftkabine. Ein junger Assistent, den ich nur vom Sehen her kannte, grüßte mich freundlich. Überfreundlich, ich mag diese Kriecherei nicht. Weshalb konnte er nicht einfach nur nicken wie ein Mann? Musste er mir gleich die Schuhe lecken? War ich auch mal so gewesen? Na ja, vielleicht, aber nicht ganz so heuchlerisch wie der da.

Meine Sekretärin warf mir ihr umwerfendes Lächeln zu und streckte dabei ihre Brüste raus. Ich bin nie dahinter gekommen ob sie es extra machte, um zu gefallen und ihre Karriere zu fördern oder einfach weil sie Spaß daran hatte und wusste, dass sie herrliche Brüste besaß. Ich habe mich nie mit Angestellten eingelassen, das gibt nur Ärger.

Ich legte meinen Aktenkoffer auf meinen großen Schreibtisch und warf mich in den breiten Lederstuhl. Dann drehte ich mich zur Fensterseite. Wieder ein umwerfender Ausblick, und wieder knallten die Regentropfen gegen die Scheiben.

Außer sinnlosem Reden würde der Tag nicht viel bringen. Ich entschloss mich, wieder zu gehen. Ich sagte meiner umwerfenden Sekretärin, dass ich krank wäre und verschwand ohne meinen Aktenkoffer.

Wieder stand ich auf dem Gehsteig, und da war immer noch der Regen. Ich entschied, in den Central Park zu gehen. Ich wollte die Natur riechen, sehen und fühlen. Hier in New York war sogar das möglich.

Ein Schwarzer spielte unter einem großen Pavillon aus längst vergangenen Tagen auf seinem Saxophon. Fasziniert hörte ich ihm zu. Er wirkte, als wenn er rein gar nichts von seiner Umgebung wahrnehmen würde. Er war so sehr in sein Spiel vertieft. Ich beneidete diesen Mann, dem es so leicht möglich war, in eine Welt zu flüchten, in der er sich wohlfühlte. Ich erreichte diesen Zustand nicht einmal, wenn ich in den Urlaub flog und war doch dann im Gegensatz zu diesem Schwarzen tatsächlich fort.

Dann sah er mich an und lächelte mir zu. Jetzt spielte er für mich, und es machte mich glücklich. Glücklich, weil sich jemand Zeit für mich nahm. Auch wenn es ein völlig Fremder war.

Ich lud Sam, so hieß er, in die nächste Bar ein. Er erzählte mir von seinem Leben, und ich schwankte zwischen Neid und Bedauern. Im Grunde war es ein armseliges Leben gewesen, aber dafür ein freies. Nach ein paar Drinks verabschiedete er sich. Er musste wieder spielen, sonst würde er kein Geld verdienen.

Ich ging nach Hause und schob einen Stuhl vor das Fenster von heute früh. Eine tolle Aussicht, wie schon erwähnt, und langsam traten die Lichter der Großstadt zutage. Was für ein herrlicher Anblick, und doch war ich einsam. Hatte ich Freunde hier in dieser Millionenstadt? Nein! Erschreckend nicht? Würde ich in dieser Wohnung sterben, könnte es Wochen dauern, bis man mich hier fand. Was für eine Vorstellung!

Vielleicht sollte ich mir doch wieder überlegen, in die Provinz zu ziehen. In ein Städtchen, wo jeder jeden kennt. Ja, weshalb nicht, aber die Großstadtlichter, die Aussicht auf den Central Park, die großen Scheiben, die bis zum Boden reichen und Ausblicke ermöglichen, die einem den Atem stocken ließen. Würde mir das nicht fehlen? Natürlich, ich konnte ohne diese Stadt, die ich hasste und liebte, einfach nicht mehr leben. Vielleicht sollte ich sie einfach so akzeptieren, wie sie halt nun mal war. Ein Asphaltdschungel mit eigenen Regeln. Wer überleben will, muss darum kämpfen. Denn die Sieger werden hier geliebt und verehrt. Ist es nicht schön, in New York ein Sieger zu sein? Ein letzter Platz, wo noch Helden der Wirtschaft gefeiert werden, wie siegreiche Gladiatoren. Nein, ich könnte diese Stadt niemals verlassen.

Am Morgen des folgenden Tages erwachte ich, und es regnete immer noch. Wieder ging ich in Unterhosen zu meinem Fenster und schaute den Regentropfen bei ihrer Arbeit zu. Doch heute war ich froh, in New York zu sein. Froh darüber, ein New Yorker zu sein.

Gutgelaunt zog ich mir einen hellen, fröhlichen Anzug an und betrat die graue Stadt mit nagelneuen Lackschuhen. Ich würde wieder den Kampf aufnehmen. Ein Kampf, den ich liebte, denn ich war ein Großstadtmensch. Ich war ein Sieger.

Es ist nie zu spät

Silvia Bösch

Leo fuhr ins Krankenhaus, um seinen Arbeitskollegen Tom zu besuchen. Sie arbeiteten seit Jahren im gleichen Betrieb. Gelegentlich spielten die beiden Tennis miteinander. Wenn sie anschließend ein Bier zusammen tranken, handelten die Gespräche meistens über allgemeine Themen. Über Privates und ihre Beziehungen redeten sie nur selten. Männer reden nicht über Gefühle, zumindest nicht über ihre eigenen.

Vor einiger Zeit war es Leo aufgefallen, dass Tom der Arbeit immer wieder fern blieb, und wenn er da war, war er schlecht gelaunt und wortkarg. Leo erfuhr durch andere Arbeitskollegen, dass Tom vor Kurzem von seiner Frau verlassen worden war. Er überlegte sich, ob er Tom darauf ansprechen sollte, doch letztendlich ließ er es bleiben, weil es ihm peinlich war. Dann blieb Tom ganz weg, und Leo fühlte sich unbehaglich bei dem Gedanken, dass er Tom vielleicht im Stich gelassen hatte. Er befragte seinen Chef über Toms Fernbleiben und erfuhr, dass Tom todkrank war und im Krankenhaus liegen würde.

Leo parkte seinen Wagen und stieg die Treppe des Krankenhauses hinauf und fragte nach der Zimmernummer von Tom. Als er eintrat und Tom im Bett liegen sah, überkam ihn ein Gefühl von Mitleid und Hilflosigkeit. Auch einen stillen Vorwurf gegen sich selbst nahm er wahr, dass er solange gewartet hatte, um für Tom da zu sein. Er näherte sich Tom und sah, dass er schlief. Er nahm sich einen Stuhl, setzte sich an das Krankenbett und wartete, ohne zu wissen, worauf.

Plötzlich öffnete Tom seine Augen, und ein kurzes Lächeln huschte über sein Gesicht, als er Leo erblickte. Leo drückte Toms Hand und entschuldigte sich bei ihm, nicht schon früher gekommen zu sein, um über die vorangegangenen Ereignisse zu reden. Tom erwiderte, dass es keinen Grund gäbe, sich schuldig zu fühlen, und sagte Leo, dass auch er selbst hätte auf ihn zugehen können. Tom begann über seine Krankheit zu reden und auch kurz über die Beziehung zu seiner Frau. Nicht nur die Trennung von Sarah mache ihn gleichzeitig traurig und wütend, sagte er, sondern der Gedanke, dass er diese Unordnung in seinem Körper vielleicht hätte vermeiden können, wenn er dem Leben bewusster begegnet wäre.

Leo wurde neugierig und wollte nun mehr wissen, vor allem über die Beziehung zu seiner Frau. Er bat ihn, ihm seine Geschichte von Anfang an zu erzählen.

Tom zauderte erst noch, denn er war nicht der Mensch, der gerne über seine intimsten Gefühle sprach. Gleichzeitig war ihm klar, dass seine Situation es geradezu erforderte, nichts mehr aufzuschieben und so erzählte er …

Sarah habe ich vor drei Jahren kennen gelernt, auf der Party eines Bekannten. Sie stand mir gegenüber im Raum, ein Glas Prosecco in der Hand, und sie schenkte mir ein warmes Lächeln. Es war wie Balsam auf meiner Seele, denn zu dieser Zeit ging es mir nicht besonders gut, weil ich gerade die Trennung von meiner langjährigen Lebenspartnerin hinter mir hatte. In dieser Phase vergrub ich mich lieber zu Hause als auszugehen. Doch nun war ich froh, dass ich mich überwunden hatte, der Einladung meines Freundes zu folgen. Allein dieses Lächeln war ein Geschenk für mich und ich realisierte, dass ich begann die Augen wieder zu öffnen für neue Bekanntschaften. So nahm ich all meinen Mut zusammen, durchquerte den

Raum und ging auf die Frau zu, die mir ihr schönstes Lächeln geschenkt hatte und stellte mich ihr vor.

Wir unterhielten uns prächtig und wir beide spürten sofort, dass wir Gefallen aneinander gefunden hatten. Zu später Nacht fuhr ich sie dann nach Hause. Wir verabredeten uns für die kommende Woche. Am liebsten hätte ich sie gleich am nächsten Tag schon angerufen, doch ich wollte nicht aufdringlich sein und die Sache überstürzen. Meine Gedanken und Gefühle waren noch nicht wirklich frei von der beendeten Beziehung mit Marion. Doch das war mir damals noch nicht so wirklich klar. Ich dachte, es läge mehr an meiner Schüchternheit und Ängstlichkeit vor Bindungen.

Der Tag der Verabredung kam, und wir gingen zusammen essen und lernten uns ein wenig kennen. Vor lauter Aufregung und Unsicherheit Sarah gegenüber redete ich wohl ziemlich viel, denn plötzlich fing sie an zu gähnen und sagte, dass sie müde wäre und nach Hause gehen wollte. Zum Abschied gab sie mir dennoch einen zärtlichen Kuss, und ich spürte innerlich ein Strahlen. Darauf folgte eine langsame und vorsichtige Annäherung aneinander. Mein erster Sex mit Sarah war wunderbar, ich wollte, dass dieses Gefühl nie wieder vergehen sollte. Sarah sagte mir später, dass es auch für sie etwas sehr Außergewöhnliches gewesen wäre. Sie sprach von weißen Blumen, die endlich wieder in ihr erblühen durften.

Ich wusste nicht genau, was sie damit meinte und fragte auch nicht nach, was ich später sehr bereute. Seit ich hier in diesem Bett liege und viel Zeit habe, um nach zu denken, wird mir immer klarer, wie es dazu kommen konnte, dass Sarah mich verlassen hat. Es fühlt sich an, als würde ein Theaterstück in mir ablaufen, das alle Szenen extra hervorhebt, in denen ich besonders blind und verschlossen war. Sarah war eine wunderbare Frau, und ich habe sie gehen lassen, wie kann ich mir das je verzeihen? Sie war voller

Lebensfreude und Lebendigkeit. Zumindest am Anfang unserer Beziehung. Sie brachte mich oft zum Lachen und trieb ihre Späße mit mir. Sie hatte es bestimmt nicht einfach mit mir, mich aus meiner eigenen Welt, die sehr klein und verschlossen war, heraus zu locken. Doch sie wurde es selten müde, mich aufzuheitern. Sarah hatte mich oft darauf hingewiesen, hinzuschauen und hinzuspüren, wenn ich mich in meiner eigenen kleinen Welt einigelte, doch ich schlug ihre Bemühungen meistens in den Wind. Ich habe ihr Potenzial nicht erkannt, sie wollte mir helfen. Ich war oft griesgrämig und verhaftet in meinem Schwarz-Weiß-Denken. Ich glaubte immer, dass alle anderen Schuld hatten an meinem Unglück, am Leben, das ich nicht leben konnte. Sarah sagte mir ständig, das Unglück sei stets hausgemacht. Daran glaubte ich nicht, die anderen waren schuld, weil sie sich nicht so verhielten, wie ich es mir von ihnen erwartet hatte. Meinen eigenen Anteil konnte und wollte ich nicht sehen.

Sarah blieb indessen weiter bemüht, mich zu verwöhnen und mich zu lieben. Ich glaube heute, dass ich eine große Herausforderung für sie war, der sie sich immer wieder neu stellen musste. Sie sagte mir oft, wie sehr sie mich lieben würde im Gegensatz zu mir. Ich war da eher wortkarg mit Liebesbezeugungen und Koseworten. Ich wollte nicht begreifen, dass Liebende sich manchmal auch Kosenamen geben. Warum war es nicht schön, einfach ihr Schatz sein zu dürfen. Was bin ich doch für ein Narr gewesen, habe nie wirklich hingespürt, wie es sich anfühlt, eines anderen Schatz zu sein. Es kam mir immer albern vor, wenn sie Darling zu mir sagte. Vielleicht erzähle ich dir hier nur von banalen Dingen, doch heute sehe ich ein, dass auch die banalen Dinge ihre Wichtigkeit haben, wenn man sich auf jemanden beziehen will, was Beziehung ja eigentlich bedeuten sollte.

Ich bin nie wirklich aus meinem Schneckenhaus heraus gekrochen, weder, um mich ganz zu zeigen, noch um Sarah wirklich kennen zu lernen. Heute weiß ich, dass ich ein Bild von Sarah genährt habe, dem sie nur teilweise entsprochen hatte. Hatte sie mir nicht genügend Gelegenheiten gegeben, dieses Bild zu korrigieren?

Wie leid mir das heute tut. Wovor hatte ich nur Angst?

Vielleicht dass sie mich verlässt, wenn ich mich so gezeigt hätte, wie ich wirklich war? Sarah war da für mich, wenn ich sie brauchte. Sie hätte mich in jeglicher Form unterstützt, wenn ich es nur zugelassen hätte. Es wird mir schmerzlich bewusst, dass ich nicht mit Sarah gelebt habe, sondern neben ihr. Sie war immer offen für Neues, wollte mich dazu animieren, mich in neue Territorien zu wagen, und ich hatte selten den Mut dazu. Angst, überall Angst, die Angst hatte mich gefesselt, mich tot gestellt. Ich habe nicht gelebt, ich habe nur die mir selbst auferlegten Gebote und Gesetze befolgt, weil ich glaubte, nur so könnte ich ein guter Mensch sein. Ich wollte den anderen zeigen, wie gehorsam ich mein Leben lebe, das von mir erwartet wurde. Doch nun weiß ich es besser, nicht die anderen haben je etwas von mir erwartet, nein, ich selbst habe dieses brave Dasein von mir erwartet. Es war meine eigene Denkweise, der ich verhaftet blieb. Warum habe ich ihre Worte nicht an mich heran gelassen? Ich habe meine enge Denkweise meiner eigenen Lebendigkeit geopfert und damit auch die ihre eingeengt!

Ich weiß es noch, wie sie damals auf einer Reise gerne mit mir in der Natur Liebe gemacht hätte, doch ich konnte mich nicht dafür begeistern. Meine moralischen Bedenken darüber holten mich bereits schon wieder ein, bevor ich es ausprobiert hatte. Wie viele schöne Momente habe ich mit ihr versäumt. Es tut weh, zu wissen, dass das nie wieder nachgeholt werden kann. Wie oft waren wir auf Reisen, bei denen die Programmpunkte wichtiger waren als unsere zwischenmenschlichen Begegnungen. Ich habe nicht begriffen, dass man manchmal wegfahren muss, um bei einem geliebten Menschen anzukommen. Ich habe mich immer auf äußere Reisen eingelassen ohne zu merken, dass es auch innere Reisen gab. Reisen, die uns einander näher gebracht hätten. Es war mir wichtiger, viele schöne Fotos mit nach Hause zu bringen, um sie dann meinen Bekannten zeigen zu können, als dass ich ihnen von wunderschönen, tiefen Gesprächen und außergewöhnlichem Sex mit meiner Frau hätte berichten können. Doch verdammt, diese Gefühlsduselei war mir immer zuwider, es lief doch auch sonst gut. Ich habe nicht erkannt, wie viel mehr Intimität möglich gewesen wäre, wenn ich Sarah öfters auf ihren inneren Reisen begleitet hätte. Ich hätte mich dabei vielleicht auch selbst besser kennen lernen können.

Sarah hat viele Geschichten geschrieben, über das Leben und die Liebe, und ich habe sie nie darum gebeten, sie lesen zu dürfen. Ich hätte bestimmt viel über Sarah erfahren können und wohl auch über mich. Ich glaube, ich hatte Angst davor, in ihren Geschichten etwas zu erfahren, was ich nicht hätte ertragen können. Einmal hat sie mir eine ihrer Geschichten geschenkt, und selbst dafür habe ich lange gebraucht, um sie zu lesen. Dabei war es eine Liebeserklärung an mich.

Plötzlich begann Tom stark zu husten, und Leo half ihm, eine angenehmere Sitzposition einzunehmen. Nachdem Leo ihm ein Glas Wasser gereicht hatte, erzählte Tom weiter.

Es ist zu spät, ich hab`s vermasselt. Sarah hatte viel Geduld bewiesen, hatte sich immer wieder selbst zurückgestellt, um mich nicht zu bedrängen und übergreifend zu sein. Der Preis dafür war, dass Sarah immer leiser und ruhiger wurde. Ich vermisste ihre Lebendigkeit und ihr Lachen.

Das Miteinanderschlafen wurde immer weniger, was ich sehr bedauerte. Doch mein Verhalten trug nicht unbedingt dazu bei, dass sich Sarah erotisch von mir angezogen fühlte. Am Tag stand mir nicht der Sinn nach Zärtlichkeiten, und am Abend war ich oft zu müde für erotische Abenteuer. Sarah hatte sich nun selbst ein Schneckenhaus gebaut und sich, wenn auch nicht so oft wie ich, darin verkrochen. Dann merkte Sarah, dass das Schneckenhaus nicht ihr wirkliches Zuhause war, und sie teilte mir mit, dass sie mich verlassen wolle. Sie wollte ihre Lebendigkeit nicht länger einem Zusammensein opfern, das gar kein Miteinander war.

Ich fiel aus allen Wolken, es war doch alles gut. Selten hatten wir uns gestritten und waren nie lange böse aufeinander. Wahrscheinlich deshalb, weil ich es gar nicht ausgehalten hätte, wenn Sarah nicht mehr mit mir gesprochen hätte.

Ich glaubte, wenn Sarah ihre Lebendigkeit lebte, dann lebte sie sie auch für mich, nun weiß ich, dass ich das hätte selber tun müssen. Wir können das Leben, das wir gerne leben würden, nicht durch einen anderen leben lassen. Mein Herz schmerzt so sehr, dass ich endlich realisiere, dass ich überhaupt eines habe. Es war so verschlossen, obwohl Sarah mir öfters sagte, dass ich ein herzlicher Mensch wäre. Wie konnte sie das glauben, bei meinem versteinerten Verhalten. Alles liegt nun da wie ein offenes Buch, und ich beginne zu verstehen. Wie kann ich lernen, das in mir zu sehen, was Sarah schon lange in mir gesehen hat? Ich möchte mich kennen lernen, so wie ich wirklich bin, nicht so, wie ich glaube sein zu müssen, der anderen wegen. Doch ich frage mich, ob mir die nötige Zeit dafür noch geschenkt wird.

Leo hatte aufmerksam zugehört und Tom nicht unterbrochen. Er spürte Mitgefühl gegenüber Tom und bedankte sich bei ihm dafür, dass er sich ihm anvertraut hatte.

Tom bedankte sich ebenfalls bei Leo für sein aufmerksames Zuhören und entgegnete ihm, dass es ihm wohl getan habe, darüber zu sprechen und dass er ja nichts mehr zu verlieren hätte.

Nachdem Leo sich von Tom verabschiedet hatte, war er nicht in der Stimmung, sofort nach Hause zu gehen und machte einen Spaziergang durch den Park. Er war innerlich aufgewühlt und suchte nach Ablenkung. Er betrachtete die aufbrechende Natur des Frühlings und versuchte, den Duft der ersten blühenden Pflanzen aufzusaugen. Doch immer wieder tauchten innere Bilder zu Toms Geschichte auf, und er konnte hier und da Parallelen zu seiner eigenen Beziehung erkennen. Es war an der Zeit zu handeln. Leo beschleunigte seinen Schritt Richtung Auto, mit dem er in die Stadt fuhr, um einen großen Strauß roter Rosen zu kaufen für seine Frau Elisabeth.

Ein Wurm in der Nase

Gerlinde File

Vladimir Poppowitz ziert eine derart große Nase, dass sich in ihrer Höhle ein dicker Wurm eingenistet hat. Der hatte sich erst ein Bett besorgt, dann einen Sessel und einen Tisch und gerade letzte Woche, da hat er sich eine Lampe ergattert. Die hängt jetzt oben in der Nasenhöhle und der dicke Wurm sitzt gemütlich am Tisch und liest seine Zeitung.

Vladimir Poppowitz fragt sich schon seit geraumer Zeit, warum seine Nase immer so kitzelt. Er kann sich das einfach nicht erklären. Gerade steht er vor dem Spiegel und betrachtet versonnen sein gutes Stück. Als ob es leuchten würde, so kommt es ihm vor.

„Blöde Schnapsdrossel!" schimpft er sich selber.

Er weiß ja aus langer Erfahrung, dass man vom Saufen eine rote Nase bekommt, aber dass eine gleich richtig leuchtet, das hat er noch nie gehört. Er schlägt sich mit der flachen Hand auf die Nase, um in die Realität zurückzufinden.

Der arme Wurm fällt vom Stuhl und die Lampe wackelt bedrohlich. Erst zieht er den Kopf ein und hält sich die Hände schützend über den Nacken, dann rappelt er sich hoch und setzt sich wieder an den Tisch. Die Lampe beruhigt sich, aber die Zeitung, die ist verschwunden. Der Wurm kriecht ein Stück die Nase nach unten, keine Zeitung. Er kriecht nach oben, keine Zeitung. Ärgerlich!

Schon wieder dieses Kitzeln! Herr Poppowitz reibt sich die Nase. Als er die Hand wieder zurückzieht, sieht er einen kleinen, weißen Papierfetzen an der Hand kleben.

Jetzt woaß i' endlich, was da so kitzlat heat, denkt er befriedigt und wendet sich vom Spiegel ab. Das Leuchten in seiner Nase schiebt er rigoros aus seinen Gedanken. Alles nur Einbildung! Da ist er sich ganz sicher, zumindest, solange er nicht in den Spiegel schaut.

Der Wurm trauert seiner Zeitung nach. Es wird schwierig sein, eine neue zu finden. Er legt sich fürs Erste aufs Bett, um sich von all dem Schrecken zu erholen. Die Lampe verbreitet Licht und wohlige Wärme, und der dicke Wurm träumt so vor sich hin, ohne richtig einzuschlafen.

Inzwischen hat sich Vladimir Poppowitz seinerseits in eine Zeitung vertieft. Die Schnapsflasche steht daneben. Immer wieder ein Schluck, das tut gut. Allmählich wird es dunkel im Zimmer, und auf der Zeitung tanzt ein heller Punkt. Herr Poppowitz reibt sich die Augen. Der Punkt bleibt.

„Was soll denn der Blödsinn da?" fragt er sich gereizt. Er stürzt einen Schnaps hinunter und gleich einen zweiten. Hilft nichts, vielleicht ein bisschen an die frische Luft?

Er steht auf, schlurft durchs Zimmer, kommt unfreiwillig am Spiegel vorbei, dieses verdächtige Leuchten in seiner Nase ist nicht zu übersehen. Jetzt gibt es keinen Zweifel mehr, in seiner Nase brennt ein Licht.

„Ja Höllteuf'l, was soll das?", flucht er vor sich hin und bohrt einen Finger in die Nase. Keine Chance! Seine Nase ist zwar groß, aber seine Wurstfinger sind entsprechend breit. Sie kommen nicht hinein in das Nasenloch. Es leuchtet gnadenlos weiter. Also Reiben und Drücken. Kein Ergebnis!

Der arme Wurm in der Nase ist beunruhigt. Schon wieder so ein Erdbeben, in letzter Zeit immer öfter. So kann das doch nicht weitergehen. Was soll er bloß tun?

Noch ärmer ist Vladimir Poppowitz. Er wird fuchsteufelswild, aber er kommt diesem entwürdigenden Leuchten in seiner Nase einfach nicht bei. Er fängt an zu brüllen und zu toben, mit dem Fuß zu stampfen und Dinge herumzuschmeißen. Ein Stuhl fliegt durch die Luft und bleibt krachend in der Kastentür stecken.

Der Wurm krallt sich in seinem Bett fest, hält sich die Ohren zu und betet: „Vater unser im Himmel ….."

Herr Poppowitz bekommt keine Luft mehr. Er keucht und keucht, ein Stich in seinem Herzen, noch einer, dann wird es schwarz vor seinen Augen. Ein riesiger Fleischklotz fällt in sich zusammen und bleibt regungslos am Boden liegen.

Den Wurm schleudert es samt Bett hin und her. Gerade hat er sich sein Hinterteil an der Lampe verbrannt, da wird es auf einmal still.

Inzwischen ist eine gute Woche vergangen. Vladimir Poppowitz liegt immer noch am Boden und rührt sich nicht.

Der dicke Wurm hingegen lebt wie im Schlaraffenland. Kein Erdbeben mehr in seiner Höhle und kein Durchzug. Gestern hat er eine Freundin gefunden.

Die Lampe hängt immer noch an der Decke und verbreitet wohlig warmes Licht in der Stube. Bald wird sich hier eine ganze Schar von süßen, kleinen Würmlein tummeln.

Ein Haus voller Sehnsucht

Alexander Fehr

Malena schlenderte mit langsamen Schritten über den Strand. Sie spürte den herrlich warmen Sand unter ihren Füßen, der gleichsam zärtlich ihre Fußsohlen kitzelte. Noch dieses Wochenende, dann würde sie wieder zu Hause in der kalten Heimat sein. Sie blickte über die spiegelnde Oberfläche des Meeres, die immer und immer wieder durch rauschende Wellen gebrochen wurde. Ohne Unterlass, seit Anbeginn der Zeit.

Malena beeindruckte durch ihre hochgewachsene, wohlproportionierte Figur. Der Glanz ihrer langen, schwarzen Haare unterstrich ihr hübsches, schmales Gesicht. Und trotz all dieser Vorzüge war sie ein bescheidenes, freundliches Mädchen geblieben.

Sie war alleine gereist. Brauchte Ruhe, Entspannung, Frieden. Zu Hause war ihr alles über den Kopf gewachsen. Bernd ihr Exfreund. Ihr zudringlicher Chef. Die nörgelnde Mutter, die andauernd von Enkelkindern redete. Doch hier, unter der südlichen Sonne, konnte sie ihre Seele baumeln lassen.

Ihr Blick wanderte gedankenverloren über den bräunlichen, jetzt menschenleeren Strand. Sie bewunderte die untergehende Sonne, die ihre goldenen Strahlen in die Welt warf. Verzauberte sie mit ihrem fließenden Mantel aus purem Licht. Ein einsames Fischerboot lag auf dem Trockenen. Herausgezogen aus dem Element, für das es bestimmt war. So lag es im Sand, wie ein an Land gespülter Fisch. Doch das Boot war es nicht, was ihre Aufmerksamkeit erregte. Es war ein Mann. Ein junger Mann. Ein ausgesprochen gutaussehender, junger Mann. Ihr gefiel seine sportliche Figur auf Anhieb. Der durchtrainierte Oberkörper zeichnete sich unter seinem naturweißen Hemd aus Leinen, das leger über der weißen Stoffhose hing, deutlich ab. Er lehnte an dem einsamen Fischerboot. Sein Blick war nicht auf den Horizont gerichtet, wo sich die Sonne so verschwenderisch farbenfroh verabschiedete. Er schien in Gedanken zu sein. Sein Geist war weit, weit weg.

Das machte Malena neugierig. Nur wenige Meter von ihm entfernt setzte sie sich in den Sand und beobachtet ihn. Seine Lippen bewegten sich ein wenig. So als würde er mit sich selbst sprechen. Nach ihrem Empfinden dauerte es eine Ewigkeit, bis der junge Mann hochblickte und sie ansah. Zuerst ausdruckslos und dann mit einem breiten Lächeln. Doch er lächelte nicht nur mit seinem Mund, auch mit seinen Augen. Malena konnte ihm nicht widerstehen. Sie stimmte ein in dieses stumme Lächeln.

„Mit wem haben Sie gesprochen?"

„Ich habe mit niemandem gesprochen."

„Oh doch, ich hab's gesehen. Ihre Lippen bewegten sich ganz deutlich."

Wieder dieses bezaubernde Lächeln. „Erwischt, ich habe mit mir selbst geredet. Manchmal, wenn ich alleine bin, gehe ich meinen Tag durch und denke darüber nach, ob er gut oder schlecht war."

„War er gut?"

„Bis vor fünf Minuten nicht besonders, doch jetzt, glaube ich, wurde er gerettet."

Malena senkte ihren Kopf ein wenig nach rechts und betrachtete sein Gesicht, mit den so ebenmäßigen Zügen. Sein wirres, braunes Haar.

„Gehen Sie mit mir ein wenig spazieren? Alleine ist es nur halb so schön." Er streckte seine Hand aus, und Malena ergriff sie, ohne zu zögern. Sie wusste nicht, warum sie so vertrauensvoll war. Doch spürte sie keinen Grund für Misstrauen.

Sie gingen zusammen den weiten Strand entlang. Nur vom Wind begleitet. Dabei sprachen sie über all die Dinge, die beiden immerzu durch den Kopf gingen und die nie ausgesprochen wurden. Dinge, die man nur erzählt, wenn man einen Gleichgesinnten trifft, der versteht, wo die Fragen herkommen und wo die Antworten zu finden sind.

Für einen kurzen Augenblick blieben sie am Rand der anrollenden Wellen stehen und beobachteten das Treiben der Gezeiten. Geschmeidig bückte sich der noch immer namenlose Mann und klaubte eine kleine Muschel auf. Mit einem kindlich fröhlichen Lächeln übergab er ihr seinen Fund, als wäre es ein wertvoller Schatz. Malena nahm die Muschel und drehte sie in ihrer Hand. Eine weiße Muschel, auf der sich eine rote Spirale abzeichnete.

Sie folgten einem ausgetretenen Weg, der in das kleine Fischerdorf führte. Längst hatten die glitzernden Sterne den Himmel erobert. Hand in Hand gingen sie nun durch die engen Gassen des verschlafenen Dörfchens, und Malena folgte ihrem neuen Begleiter in ein kleines Haus, eingeklemmt in eine enge Gasse, die uralt zu sein schien. Selbst in diesem merkwürdigen Haus schmeckte sie das Salz des Meeres auf ihren Lippen und roch alten Fisch. Aber sie hatte nur Augen für ihn. Sie wollte sich fallen lassen. Wollte nichts anderes als ihn spüren. Vergessen, was sie sonst so bedrückte. Vergessen, dass ihr nur mehr wenige Stunden bis zur Heimkehr blieben.

Nach einer Nacht, in der sie glaubte, all ihrer Sinne beraubt worden zu sein, in welcher sie in die endlose Sinnlichkeit verschwunden und nun angefüllt mit einem unsäglichen Glücksgefühl zurückgekehrt war, schwebte sie immer noch in einem Rausch der Sinne.

Doch das Morgengrauen ließ sie in die Wirklichkeit zurückkehren. Die ersten Sonnenstrahlen des Tages eroberten auch den letzten Winkel ihres kleinen Zimmers, wo die durchscheinenden Tücher über dem Himmelbett sanft im morgendlichen Wind schwangen. Es war noch ruhig auf den Straßen, und kein Geräusch war im Haus zu vernehmen. Leise schlich sie sich aus dem Bett, um ihn nicht zu wecken. Aber er erwachte und zog sie an ihrer Hand zurück ins Bett, um ihr einen leidenschaftlichen Kuss auf die Lippen zu drücken. Malena glitt aus seinem zärtlichen Griff und ging rasch aus dem Haus.

Einen kurzen Blick warf sie noch auf die vergilbte Fassade des kleinen Hauses, wo ihr schöner, junger Mann mit nacktem Oberkörper auf dem Fenstersims im zweiten Stock lehnte. Ein wenig verschlafen winkte er ihr zu. Die frischen Strahlen der aufgehenden Morgensonne hüllten ihn ein.

Malena winkte kurz zurück und fing an zu rennen. Sie rannte vor Glück und Seligkeit. In ihrem Zimmer angekommen, fiel sie in einen Schlaf, der so tief und fest war, als wenn sie niemals wieder daraus erwachen sollte. Doch schon am frühen Nachmittag hüpfte sie aus ihrem Bett und fühlte sich ausgeruht. Sie wollte ihn wieder sehen. Gleich jetzt, sie spürte eine unbändige Sehnsucht. Sofort machte sie sich deshalb auf den Weg zu jenem Haus, in dem sie so überwältigende Stunden erlebt hatte.

Doch als sie vor jenem vermeintlichen Haus stand, wo sie noch vor wenigen Stunden glücklich herausgetreten war, blickte sie sich verwirrt um. Sie war sich sicher, dass es hier gewesen war. Gleich links, neben der romantischen Taverne, die ein Bootspaddel als Aushängeschild besaß. Rechts der kleine Einkaufsladen mit seinem schmucklosen Auslagenfenster. Sie konnte sich nicht irren. Es war das Haus von heute Nacht. Aber es war eine Ruine. Die Haustür hing schräg in ihren Angeln. Die Fenster hatten keine Scheiben, und dort, wo sie einen letzten Blick von ihm hatte erhaschen können, fehlte gar das Fensterbrett. Es konnte nicht das Haus sein, und doch zweifelte sie nicht. Sie erkannte die Fassade, die Gasse, die Nachbarhäuser. Es passte einfach alles. Doch heute Morgen war das Haus noch völlig intakt gewesen.

Malena zwängte sich durch die schräg hängende Türe. Sie erkannte die Stiege wieder, aber jetzt war das Geländer teils gar nicht mehr vorhanden. Dreck und eine dicke unberührte Staubschicht bedeckten die Stufen, und ein ekelhafter Geruch von Exkrementen lag in der Luft. Sie fand auch das Zimmer, wo sie die Nacht verbracht hatten. Es stand kein Himmelbett mehr darin. Im Fußboden klaffte ein großes Loch, durch das sie in den Raum darunter blicken konnte.

Hatte sie ihren Verstand verloren? Sie kannte dieses Haus. Sie kannte diesen Raum. Sie sah die erlebten Bilder so klar und deutlich vor sich. Sie wusste, wie dieses Zimmer ausgesehen hatte. Doch das Haus schien schon seit Jahrzehnten leer zu stehen.

Malena wollte schon das Zimmer verlassen, als ihr Blick die halbverfallene Fensterausnehmung streifte. Nur kurz erhaschten ihre Augen den kleinen Gegenstand, den sie nur allzu gut kannte. Sie ging zum Fenster und nahm ihn in die Hand. Sie drehte die kleine weiße Muschel, auf der sich eine rote Spirale abzeichnete, hin und her.

Theo's Beichte

Eric Parisse

Es war Freitag, der 7. August. Theo lief mit den anderen Jungs aus seiner Klasse zur Kirche, um die wieder einmal fällige Beichte bei Pfarrer Moosbacher abzulegen. Jeden ersten Freitag im Monat erwartete Pfarrer Moosbacher, dass die Klasse, in der er Religion unterrichtete, geschlossen zur Beichte kam.

Auch für Theo war die Beichte an sich nichts Neues, doch heute zwickte und zwackte es ihn im Bauch, als er in der Bank vor dem Beichtstuhl wartete. Unruhig rutschte er auf der Bank hin und her; nicht einmal seinem besten Kumpel gelang es, ihn abzulenken. Wenn ich nicht alle anderen vorgelassen hätte, wäre es schon lange vorbei, dachte er bekümmert. Andererseits brauchte niemand von seinen Freunden etwas davon mitbekommen, was er dem Pfarrer da drinnen zu erzählen hatte. Je näher er zum Beichtstuhl rückte, umso mehr bekam er es mit der Angst zu tun, und er überlegte fieberhaft, ob es nicht gescheiter wäre, abzuhauen, das Ganze zu vergessen. Schlussendlich hielt er doch tapfer durch, und als der Letzte seiner Kameraden grinsend an ihm vorbeischlenderte und ohne Bußgebet zum Ausgang lief, schlüpfte er mit zittrigen Knien in die dunkle Holzkabine und zog rasch den Vorhang zu.

Der Pfarrer begrüßte ihn mit dem üblichen „Gelobt sei Jesus Christus" und fragte ihn nach seinem Namen, dann machte er ein Häkchen in sein Notizbüchlein. Eigentlich ging es ihn nichts an, wer da zur Beichte kam, aber es war eben eine Marotte vom Moosbacher, dass er genau informiert sein wollte, wer von seinen Schäfchen wieder einmal nicht zur Beichte erschienen war.

Dem Theo war's nur recht so. Aber als er merkte, dass er jetzt dran war, wurde ihm siedend heiß, und sofort schoss ihm die Röte ins Gesicht. Gott sei dank konnte der Moosbacher im Dunkeln nichts sehen.

„Grüß dich, Theo ...", brummte er freundlich. Dann lehnte er sein Gesicht an das Holzgitter und sagte: „Kannst schon loslegen – ich bin soweit."

Theo drückste herum und wusste nicht, wo er anfangen sollte, und zu allem Übel fing es an in seinem Bauch zu gurgeln und zu rumoren. Er kniff die Hinterbacken fest zusammen und betete, dass nichts losgehen möge. Mit dem Handrücken wischte er sich rasch den kalten Schweiß von der Stirn und begann erst mal ein paar lässliche Sünden loszuwerden, die ihm gerade einfielen. Als ihm nichts mehr in den Sinn kam, fragte der Pfarrer in die Pause hinein:

„Gibt's noch etwas, Theo?"

Theo erwiderte nichts, doch Pfarrer Moosbacher spürte, dass der Bub noch irgendetwas auf dem Herzen hatte und hakte nach: „Wenn du etwas loswerden willst, kannst du's mir ruhig anvertrauen, Theo; es spielt keine Rolle, ob es eine Sünde ist oder nicht, ich hör dir zu – und dann reden wir d'rüber, wenn's dir recht ist."

Theo nickte heftig. Dann schluckte er tapfer den Knödel im Hals hinunter und holte tief Luft.

„Es ist wegen meines Onkels ..."

Moosbacher döste immer noch vor sich hin, das Mittagsschläfchen ging ihm heute schon sehr ab. Trotzdem ermunterte er Theo fortzufahren:

„Na, Theo, was ist mit deinem Onkel?"

„Er macht immer solche Sachen mit mir ...", presste Theo mühsam durch die Zähne.

Schlagartig war Moosbacher hellwach. Das Schlimmste ahnend, versuchte er, durch das Sperrholzgitter das Bubengesicht da drüben zu erfassen. Bestürzt blickte er auf Theo, der vollkommen aufgewühlt und durcheinander auf der anderen Seite kniete. Das durfte doch nicht wahr sein! Obwohl Theo nur einen Onkel hatte, vergewisserte er sich:

„Du redest jetzt vom Stadtrat Brunner, ja?" Dann kam ihm eine Idee und er fügte hinzu: „Theo, wenn du willst, können wir das Ganze bei mir zu Hause besprechen – was meinst du? Ist dir das lieber?"

Theo nickte heftig: „Ja, das wär' mir lieber, Herr Pfarrer!"

Moosbacher nahm den verstörten Jungen bei der Hand und führte ihn ins Pfarrhaus.

Dort erzählte Theo dem Pfarrer, stotternd und zitternd, was vorgefallen war.

Als Theo gegangen war, brauchte der Pfarrer erst einmal einen kräftigen Schluck vom Destillierten. Die Geschichte hatte ihn arg mitgenommen und mehr aufgeregt als er vor dem Jungen zeigen wollte. Er füllte das Stamperl zum zweiten Mal, durchschritt seine Stube mit bedächtigen Schritten und sann darüber nach, was ihm der Bub gerade erzählt hatte. Dabei wurde ihm schmerzlich bewusst, dass das Amt, das er bekleidete, auch manchmal ein Fluch sein konnte. Natürlich musste er etwas unternehmen, aber was? Sprechen durfte er mit niemandem, weil er das Beichtgeheimnis zu wahren hatte – aber andererseits durfte und wollte er nicht zum Mitschuldigen werden, wenn es um so etwas Verwerfliches gegenüber einem jungen Menschen ging. Doch eine Lösung wollte und wollte ihm nicht einfallen, so sehr er sich auch anstrengte.

Nach der Abendmesse zog er sich sogleich zurück. Entgegen seiner Gewohnheit, noch auf ein Gläschen in der Krone vorbeizuschauen, legte er sich gleich ins Bett und zerbrach sich den Kopf darüber.

Irgendetwas muss mir doch einfallen, redete er sich schon zum hundertsten Mal ein. Der Bub brauchte Hilfe, das stand fest. Schließlich übermannte ihn die Müdigkeit doch, aber irgendwann in der Nacht schreckte er aus dem Schlaf hoch. Er stand auf und griff sich wahllos ein Buch aus dem Regal. „Briefe an den lieben Gott" hielt er in den Händen, und plötzlich sah er klar, was er machen würde. Das war's doch! Ein anonymer Brief an den Onkel, in dem er ihm mitteilte, was er wusste und ihm mit der Polizei drohte. Niemand würde auf die Idee kommen, dass der Brief vom Pfarrer stammte.

Aber was war mit seinem Gewissen? Na ja, zumindest seine Lippen blieben auf diese Weise verschlossen, und seinem angeschlagenen Magen tat es sicher gut, wenn er seinen Kummer irgendwie loswurde.

Gleich am nächsten Morgen schrieb er einen Brief an die Stadtpolizei. Er hatte lange hin und her überlegt und war schließlich einsichtig geworden, dass es nichts nützte, wenn er dem Onkel drohte, so ein Vergehen gehörte sofort geahndet. Zufrieden mit sich, einen Weg gefunden zu haben, spazierte er an der Polizeiwache vorbei und steckte das Schreiben in einem unbemerkten Moment in den Briefschlitz. Jetzt brauchte er nur noch abzuwarten, was passierte, denn eines war so sicher wie das Amen im Gebet — wenn die Polizei ausrückte, wusste in dieser Kleinstadt spätestens am Abend jeder, wo und weshalb sie im Einsatz war.

Und er hatte sich nicht geirrt. Am Samstag, gegen fünf Uhr nachmittags, stürmte Hilde, seine Haushälterin, ohne anzuklopfen, in seine Schreibstube und berichtete ihm aufgeregt vom neuesten Stadtklatsch. Der Stadtrat Brunner sei verhaftet worden — und das drei Tage vor der Bürgermeisterwahl, wo er doch selbst kandidiert und die beste Aussicht auf den Posten gehabt habe. Und jetzt so was! Bestimmt habe er Gelder unterschlagen, munkelt man, sagte sie; obwohl, der Brunner sei doch ein grundanständiger Mensch gewesen — kaum zu glauben sei so etwas.

Moosbacher nuckelte derweilen zufrieden an seiner Pfeife und tat so, als ginge ihm das Gewäsch auf die Nerven.

Gott sei dank hatte er entschlossen und rasch gehandelt – noch vor den Wahlen – dachte er. So ein Schweinehund Bürgermeister – nicht auszudenken!

Am Sonntag wurde gewählt, und selbstverständlich gewann der amtierende Bürgermeister, Theos Vater, aufgrund des erzwungenen Rücktrittes seines Bruders mit überwältigender Mehrheit und durfte sich auf eine unbeschwerte Amtszeit einstellen. Er ließ sich feiern wie ein Fürst und bedachte sogar seines Bruders Ungemach in einigen wohlgesetzten Worten. Man dürfe, meinte er, einen Menschen nicht verurteilen, solange nichts bewiesen sei.

Während in der Parteizentrale ausgiebig gezecht wurde und das Freibier in Strömen floss, wurde Stadtrat Brunner auf der Polizeiwache pausenlos verhört.

Brunner verteidigte indessen hartnäckig seine Unschuld und wollte wissen, wie sie nur auf solch eine absurde Idee gekommen wären. Man ließ ihn wissen, dass eine anonyme Anzeige eingegangen war und diese aufgrund der Einzelheiten, die dort beschrieben wurden, ernst zu nehmen sei. Im Übrigen werde am Montag sein Neffe einvernommen, dann werde sich ja herausstellen, wer die Wahrheit sage.

Am Montag in aller Herrgottsfrühe holte ihn ein Wachtmeister von seinem Elterhaus ab. Zum ersten Mal in einem Polizeiauto! Theo kam sich vor wie ein Verbrecher und war fürchterlich aufgeregt, als er zu Inspektor Kühne geführt wurde und nun vor dessen Schreibtisch saß. Der Polizist behandelte ihn zwar sehr freundlich, ließ aber keine Zweifel aufkommen, dass er alles aus ihm herausquetschen würde, was der Aufklärung dienlich wäre. Dass Theo mit seinen zwölf Jahren noch ein Junge, ja fast noch ein Kind war, beeindruckte ihn keineswegs. Er löcherte Theo mit Fragen über Fragen, die Theo die Schweißperlen auf die Stirn trieben.

„Theo, du musst mir jetzt alles haarklein erzählen, was dein Onkel mit dir gemacht hat", Wachtmeister Kühne drückte auf die Aufnahmetaste des Rekorders, „und da wird jetzt alles, was du sagst, aufgenommen, damit du vor Gericht nicht noch einmal alles wiederholen musst, hast du das verstanden?"

Theo stieß einen tiefen Seufzer aus und ergab sich nickend in sein Schicksal.

„Du musst mir schon eine Antwort geben, Theo, mit Nicken und Kopfschütteln kann das Tonband nix anfangen." Dann fuhr er etwas freundlicher fort: „Also, Theo, wie lange dauert das schon mit deinem Onkel?"

„Ein paar Wochen … ungefähr", stotterte er.

„Ein bisschen genauer hätte ich's schon gern, Theo, weißt du denn noch, wann und wo es zum ersten Mal passiert ist?"

„Beim Skifahren", kam es schlagfertig.

„Wie, beim Skifahren?" Kühne schüttelte verständnislos den Kopf.

„Onkel Ludwig hat mich auf die Steigeralm mitgenommen. Dann sind wir einkehren gegangen, bei der Skihütte hinten, wo die Talabfahrt ist. Wie ich dann aufs Klo bin, ist mir der Onkel Ludwig nachgekommen. Er hat sich neben mich gestellt und mir zugeschaut. Dann hat er gesagt, dass man als junger Mann den Pimmel anders in die Hand nehmen müsste, als ich das tue. Und dann hat er gesagt: ‚Wart', ich zeig's dir, wie's richtig ist', hat er gesagt. Er ist hinter mich gestanden und hat meinen Pimmel in die Hand genommen, dann …"

„Red' nur weiter Theo, musst dich nicht genieren!", ermunterte ihn Kühne.

Theo erzählte ihm alles. Zuerst noch stockend, als müsste er jede Einzelheit wieder tief aus seiner Erinnerung heraufzerren, dann fließender, bis es schließlich nur so aus ihm herausprudelte.

„Wie oft hat er das noch mit dir gemacht?", forschte Kühne.

Theo zuckte mit den Schultern. „Weiß ich nicht mehr – fast jeden Tag halt."

„Jeden Tag?" Kühne schaute ihn ungläubig an. „Seid ihr denn immer Skifahren gegangen?"

Theo schüttelte den Kopf.

„Ja, wo denn dann?"

Theo druckste herum. Er merkte, wie ihm wieder die Röte ins Gesicht schoss.

„Ich bin zu ihm gegangen, in seine Wohnung", quälte er sich zu einer Antwort.

Wachtmeister Kühne kannte sich nicht mehr aus. Was zum Teufel veranlasste einen Buben, jeden Tag seinen Onkel zu besuchen, wenn er genau wusste, was ihn dort erwartete?

„Hast du denn mit niemandem darüber geredet?", fragte er kopfschüttelnd.

„Ich hab' mich halt nicht getraut", druckste Theo herum.

„Dann rufen wir jetzt deinen Papa an." Während er zum Telefonhörer griff, erklärte er Theo, warum. „Ich muss noch ein paar Einzelheiten mit ihm besprechen. Und deine Aussage kann er dann auch gleich mit unterschreiben."
Kühne ließ sich mit dem Bürgermeister verbinden.

„Grüss' Sie Herr Bürgermeister. Ich hoffe, ich stör' Sie nicht in einer wichtigen Sitzung. Ihr Bub, der Theo, sitzt gerade bei mir, und es wär' mir recht, wenn Sie auf einen Sprung bei mir vorbeischauen könnten. Es sind da noch ein paar Dinge abzuklären. Wissen's, der Theo hat halt ein paar Andeutungen gemacht, und ich möcht' des gern abklären mit Ihnen ... ja, und die Aussagen müssten's auch noch unterschreiben."

...

„Welche Aussagen? Na, halt die von Ihnen und dem Theo."

...

„Wie? Was er ausgesagt hat? Das sollten Sie doch eigentlich besser wissen als ich, Herr Bürgermeister, oder?"

...

„Gut, wenn Sie das wollen. Also dann ... ich warte auf Sie."

Kühne legte den Hörer auf und sah Theo ernst an. Was anfangs nur eine Ahnung war, schien sich zu bewahrheiten.

„Dein Papa hat gesagt, ich soll dich jetzt nach Hause schicken, er möchte gerne mit mir allein reden."

Leo wurde wieder rot bis über beide Ohren und rutschte auf dem Stuhl ganz nach hinten, als wollte er Abstand gewinnen, zwischen ihm, dem riesigen Schreibtisch und Kühne.

„Warum denn?", fragte er leise.

Kühne überlegte einen Augenblick, dem Bub jetzt sofort auf den Kopf zuzusagen, dass die ganze Geschichte erlogen war, dann entschloss er sich jedoch, nur dem ‚ehrenwerten' Vater den Kopf zu waschen, und zwar ordentlich. Und eines stand für ihn jetzt schon fest, in dieser Stadt würde dieser Lump nie mehr als Bürgermeister antreten, dafür würde er persönlich sorgen.

Der Tag des Rosendorns

Stefan Heinzle

Heute habe ich wieder sehr schlecht geschlafen. Leider kann ich meinen Traum nur schwer beschreiben. Es sind Farben, grelle Farben, oder vielmehr ultraviolettes Licht, das mir in mein Gehirn sticht wie ein Rosendorn in meinen Finger. Es ist ein grelles, ultraviolettes Licht – ich stelle mir zumindest so ein ultraviolettes Licht vor –, welches mir diesen Rosendorn ausgehend von den Augenhöhlen in mein Gehirn bohrt. Immer tiefer und tiefer. Es kämpft gegen meine Stirnmuskeln, die ich zusammenziehe, indem ich meine Augen fester und fester zusammenkneife. Doch je fester ich meine Augen zusammenkneife, desto stärker wird der Lichtstrahl, desto tiefer dringt der Rosendorn in mein Gehirn. Ich bin chancenlos. Der Schmerz wird heftiger. Der Überdruck in meinem Kopf wächst. Im nächsten Moment muss er explodieren. Der Rosendorn scheint sich durch mein Gehirn durchgegraben zu haben und mir die hintere Schädeldecke öffnen zu wollen, wie ein Wurm, der sich in Europa einbuddelt und in Australien wieder zum Vorschein kommt. Ein sonderbares Gefühl – kaum zu beschreiben. Ein Gefühl zwischen Panik und Neugier, denn ich möchte sehen, fühlen, was passiert. Ich kann mich nicht mehr bewegen. Ein Muskelkrampf breitet sich über meinen gesamten Körper aus. Als die Anspannung mich zu überfordern droht, wache ich auf. Unbefriedigt. Die Auflösung, das Ergebnis so knapp verpasst. Ich schließe sofort die Augen, kneife sie fester zusammen als zuvor, aber der Traum ist weg, der Rosendorn lacht mir bereits wieder von seiner Ranke entgegen, schadenfreudig, hinterlistig. Der Traum ist weg, der Schlaf ist weg, der Schmerz in meinem Hinterkopf bleibt.

Widerwillig starte ich in den neuen Tag. Während ich zur Toilette schlurfe, höre ich ein verdächtiges Geräusch aus dem Hauseingang – der Zeitungsausträger. Ich renne zu unseren Briefkästen, jedoch ohne jede unnötige Bewegung, denn jede zusätzliche Bewegung steigert den Schmerz. Ich ertappe den Herrn Zeitungsausträger dabei, wie er die Tageszeitung meinem Nachbarn ins Brieffach schiebt. Getrieben vom Schmerz in meinem Hinterkopf, lese ich ihm anständig die Leviten, leise, denn jeder unnötige Lärm steigert den Schmerz.

Er schaut mich geistesabwesend an und simuliert einen Scheibenwischer vor seinem unrasierten Gesicht.

„Der Nachbar hat, im Gegensatz zu dir, die Tageszeitung abonniert!"

„Frechheit! Dass so etwas nie wieder vorkommt, du Schuft, du Schurke, du Pfennigfuchser", flüstere ich ihm nach, so laut es geht, der Schmerz bleibt. Er lässt sich mit Worten nicht vertreiben. Die Zeitung des Nachbarn will ich dann doch nicht stehlen – er hat sie ja schließlich abonniert, und er ist ein netter Kerl, der mich und meinen Schmerz respektiert, mit Ruhe, mit Abwesenheit.

Der Zorn, den ich auf den Zeitungsausträger habe, verflüchtigt sich beim Kaffeetrinken. Ich habe meine beiden Hände fürsorglich um die Kaffeetasse gelegt, und dabei strömt angenehme Wärme in meinen Körper. Eine schöne Synergie: Der Kaffee, die Tasse und meine Hände. Er hat den Kampf gegen meinen Zorn gewonnen. Wärme hilft gegen den Zorn, lerne ich. Der Druck in meinem Kopf bleibt, die Wärme hat dagegen keine Chance.

Draußen regnet es. Eine depressive Stimmung überfällt mich ohne Vorwarnung, während ich die Straße beobachte. Schwarze Regenschirme kämpfen verzweifelt gegen die Nässe an. Die Regentropfen knallen wie Projektile auf die Straße. Kleine Rinnsale suchen den Weg zum nächsten Ablaufschacht.

Die Ellenbogen auf den Fenstersims gestützt und das Kinn melancholisch in meinen Händen begraben, beobachte ich dieses Schauspiel, bis ich den fremden Mann – mein Spiegelbild – im Glas des Fensterflügels bemerke und mich vor ihm fürchte – Rosendornallergie!

Ich sehe sein aschfahles Gesicht, die kleinen, in den Augenhöhlen verschwindenden, verloschenen Augen eingebettet in tiefe dunkle Augenringe. Sein Kopfhaar fehlt. Ein Gesicht, das wesentlich älter wirkt als es tatsächlich ist. Ich vergleiche es mit dem Tod, genauso stelle ich mir das Gesicht des Todes vor. Diese Rosendornallergie, was die alles auslöst! Sie kommt sehr plötzlich wie ein Gewitter in den Alpen und quält dich danach ein Leben lang, ein kurzes Leben lang, denn diese Rosendornallergie lässt kein langes Leben zu. Tagträume sind ein gutes Medikament. Sie können dir die Ursache nicht nehmen, aber sie helfen dir, die Wirkung zu ertragen. Bei diesem Medikament verliert der Schmerz an Wichtigkeit, er begleitet dich zwar ständig, tritt aber in solchen Momenten einen Schritt zurück und macht Platz für deine Sehnsüchte, Wünsche und Erwartungen. Meine unberücksichtigten Erwartungen an das Leben. Wo ist die Beschwerdestelle? Wo kann man sein so nicht bestelltes Leben gegen ein anderes umtauschen? Ich weiß, dass der Schmerz nur mit mir spielt. Er verlässt mich sogar manchmal, schließt jedoch niemals die Türe, wenn er geht. Sie bleibt nur angelehnt. Und er kommt zurück, sobald ich mich sicher fühle, dass er weg ist. Er sagt niemals „lebe wohl!".

Ich betrachte meine Hände – vielmehr die Lebenslinien in meinen Handflächen. Ich bin enttäuscht, dass ich dabei keine längeren entdecke, nur viele kurze Linien, die sich vereinen, sobald ich beginne die Finger anzuwinkeln. Es entsteht dadurch die gewünschte, lange Lebenslinie. Es bildet sich sogar ein ganzer Strom des Lebens, während ich die Finger krümme und dabei eine Faust forme. Gegen die

Rosendornallergie zu kämpfen, mit meinen Fäusten dagegen anzukämpfen, das könnte mir ein längeres Leben bescheren. Mitten in diese selbstbewussten Gedanken, in denen sich schon ein leichtes Lächeln im Gesicht des Mannes im Fensterglas abzeichnet, kommt der Schmerz zurück. Der Rosendorn scheint zu explodieren. Der Schmerz fährt mit einer solchen Intensität in meinen Kopf, dass er mir den Boden unter den Füßen wegzieht. Meine Gummiknie machen sich selbstständig, verweigern, mich zu tragen, und sind nicht bereit, den Sturz abzufangen. Ich merke den harten Aufprall nicht mehr, wie ich auf den Parkettboden knalle. Der Traum kehrt zurück, das ultraviolette Licht ist wieder da. Es scheint durch den Nebel, der sich vor meinem Gesicht ausbreitet und immer intensiver wird, immer undurchdringlicher. Die Holzdecke verschwindet, der Nebel deckt sie zu, das ganze Zimmer verschwindet, nichts mehr da, auf das ich meinen Blick richten könnte.

Es ist ruhig, sehr ruhig. Der Rosendorn ist weg. Ein angenehmes Gefühl durchflutet meinen Körper. Das Licht schimmert schwach und zeigt mir den Weg. Es führt mich durch den Nebel, vorbei an schemenhaften, wild gestikulierenden Menschen, aus dem Zimmer, aus der Stadt und trägt mich in einen riesigen Rosengarten. Ich sehe die Rosendornen an ihren Plätzen. Sie grüßen mich, nicht hämisch oder schadenfreudig, sondern respektvoll. Jetzt bin ich einer von ihnen.

Herr Brett liegt im Spital

Stefan Heinzle

Herr Brett ist ein echter Glückspilz. Herr Brett liegt nämlich im Spital, in einem weißen Krankenbett. Seinen dicken Kopfverband bekommt er jeden Tag von einer netten Schwester gewechselt, die gebrochen Deutsch spricht. Herrn Brett plagt eine schwere Gehirnerschütterung – dies diagnostizierte zumindest der junge Arzt, der ihn jeden Morgen besuchen kommt. Jetzt wäre das ja nicht ein Umstand, der auf übermäßiges Glück schließen lässt. Herr Brett dachte vor drei Tagen, als er das erste Mal seine Augen öffnete, dass er ein Pechvogel wäre. Doch dank Rüdiger änderte sich seine Meinung im Nu.

Rüdiger liegt ihm gegenüber in einem Krankenbett, das dem von Herrn Brett aufs Haar gleicht. Rüdiger ist sozusagen sein Bettnachbar, Zimmerkollege und Leidensgenosse in einem. Sonst befinden sich keine weiteren Patienten im Zimmer. Es scheint keine Hochsaison für Krankenhausaufenthalte zu sein. Und dieser Rüdiger hat dazu beigetragen, dass sich Herrn Bretts Meinung änderte.

Herr Brett leidet auch an einer Amnesie – diese Diagnose stammt ebenfalls vom jungen Arzt, der ihn täglich besuchen kommt. Als der junge Arzt vor drei Tagen am Bett von Herrn Brett stand, sagte er zu ihm, während er zärtlich sein Stethoskop streichelte, dass die Kopfverletzung vermutlich eine Amnesie ausgelöst hätte. Und der Arzt behielt recht mit seiner Diagnose, denn in jenem Moment fiel Herrn Brett ein, dass er sich nicht mehr an den Grund für seinen Krankenhausaufenthalt erinnern konnte.

Und da kam ihm Rüdiger zu Hilfe. Rüdiger fuhr mit seinem Geländewagen in eine Verkehrstafel und verletzte sich dabei leicht. Er genießt die Tage im Spital, meint er, jetzt hat er endlich Ruhe vor seiner Alten – wie er seine Frau nennt – und den Teppichratten – so bezeichnet Rüdiger seine drei Kinder. Außerdem, spricht er weiter, gibt's hier tolle Aussichten, seine Hände formen zwei imaginäre Brüste. Rüdiger hat sich aber nicht beim Zusammenstoß seines Geländewagens mit dem Verkehrsschild verletzt, sondern als er ausstieg und dabei auf dem eisigen Gehweg ausrutschte.

Und dank Rüdiger kann Herr Brett wieder aufatmen. Er fühlt sich nahezu glücklich, dass er hier liegt, mit einem dicken Kopfverband, der jeden Tag von einer netten Schwester gewechselt wird, auch wenn ihre Brüste wesentlich kleiner sind als jene, die Rüdiger in die Luft formt.

Rüdiger hatte sich den Arm gebrochen, als er dem Unglücksraben helfen wollte, der so blöd neben dem Verkehrsschild gewartet hatte. Elle oder Speiche, Herr Brett kann sich nicht mehr so genau daran erinnern, wie er sich an so manche Dinge nicht mehr so genau erinnern kann – Sie wissen ja, Amnesie! Was ihn aber doch traurig stimmt ist, dass ihn Frau Nagel, seine heimliche Geliebte – heimlich deshalb, weil sie nichts davon weiß – noch nicht besucht hat. Frau Nagel arbeitet im selben Büro wie Herr Brett. Die beiden sind Arbeitskollegen.

Rüdiger versuchte, ihn zu trösten, indem er ihm die Nutzlosigkeit von Frauen erklärte, und dass es Männern ohne Frauen viel besser gehe. Aber so richtig Wirkung gezeigt haben diese tröstenden Worte bisher keine. Rüdiger ekelt es jedes Mal, wenn die Schwester Herrn Bretts Kopfverband wechselt. Überall das verkrustete Blut, die teilweise rasierte Kopfhaut mit den vernähten Wunden. Rüdiger schüttelt dann immer den Kopf und spricht ungläubig: so ein Glückspilz dieser Herr Brett! Jeder andere wäre gestorben – Hirnaustritt oder so, nur Herr Brett habe das Glück auf seiner Seite und sei mit einem Blauen Auge davon gekommen.

Dies tröstet Herrn Brett sehr. Daher glaubt er Rüdiger auch, wenn der behauptet, Herr Brett sei ein Glückspilz. Er, Rüdiger, spricht Rüdiger weiter, sei vom Pech verfolgt. Erst atmete er auf, als er sich beim Anprall nicht verletzte, dann brach er sich den beschissenen Arm, als er sich mit Nächstenliebe beschäftigte. Ein Zeichen Gottes, mit Nächstenliebe sehr sparsam umzugehen, sei dies gewesen.

Herr Brett weiß allerdings nicht, wieso er genau diesen Kopfverband trägt – sprich, die Ursache seiner Verletzungen kennt er nicht. Rüdiger fragt er öfters, ob der Doktor irgendetwas von seinem Unfall erzählt habe. Rüdiger zuckt jedes Mal mit den Schultern und glotzt weiter auf den Bildschirm, der über Herrn Bretts Kopf befestigt ist.

Den Doktor direkt zu fragen, traut sich Herr Brett nicht. Was, wenn es sich um einen peinlichen Unfall handelte oder Herr Brett sich durch irgendeine Ungeschicktheit in diese Lage brachte?

Am vierten Tag besucht Frau Nagel Herrn Brett.
Rüdiger gefällt Frau Nagel, und er signalisiert dies mit dezenten Pfiffen in ihre Richtung.

Herrn Brett missfallen diese Gesten von Rüdiger, und er bittet ihn deshalb, sich vor der Dame respektvoller zu benehmen.

Rüdiger flucht nach Herrn Brett und beschimpft ihn beleidigt. Liegen lassen hätte er Herrn Brett sollen, dann hätte er sich nicht den Arm gebrochen. In diesem Moment fühlt Herr Brett, wie seine Amnesie schleunigst seinen Kopf verlässt.

Finks Auftrag

Eric Parisse

Feldkirch, 7. Januar 1894.

Rittmeister Moser saß seit einer geschlagenen Stunde in der Schänke des Gasthauses Ochsen. Er glaubte schon nicht mehr daran, dass sie kommen würde. Deshalb blickte er überrascht auf, als sie plötzlich vor ihm stand. Sie nannte sich Lena und sah aus wie eine der unzähligen Wirtshaushuren, die spätnachts in diesem Viertel halbnackt und steif gefroren auf und ab patrouillierten. Einen Zipfel ihres langen, groben Leinenkleides hielt sie in der Hand, wohl um zu verhindern, dass es im Straßenschlamm verdreckte. Dabei gab sie einen zünftigen Blick auf ihre kräftigen, unbestrumpften Schenkel frei. Ihre Knie waren schmutzig, ihre kurzen Stiefel jedoch modisch und aus feinstem Leder und garantiert mehr wert als hundert Freier dafür zahlen mochten.

Moser fasste mit beiden Händen nach dem Weinbecher, als ob er die Taille einer Frau umfangen wollte. Er blinzelte, weil ihm der viele Rauch von der Feuerstelle und dem Tabak in den Augen brannte.

Sie stelle sich breitbeinig vor ihn hin und fragte angriffslustig:

„Was willst du?"

Moser konnte sich nur schwer von den nackten Schenkeln seines Gegenübers losreißen, dennoch hob er gemächlich den Kopf und musterte sie geringschätzig.

„Nur, damit du es gleich weißt, ich bin keine billige Hure!", fuhr sie ihn an.

Moser forderte sie mit einer Geste auf, sich hinzusetzen.

„Keine billige oder keine Hure?", fragte er gleichmütig.

In Lenas schwarzen Augen blitzte es gefährlich auf: „Wenn du zu Scherzen aufgelegt bist, besorge ich dir andere Gesellschaft. Also, sag schon, was willst du von mir?"

Moser nickte. Ihm sollte es nur recht sein, wenn der Handel ohne weiteres Geplänkel zustande kam.

„Ich heiße Franz Pfeiffer ... aus Innsbruck", setzte er bedächtig an.

„Und ich bin die Mätresse von Kardinal Blank und komme aus Würzburg", wehrte sie spöttisch grinsend ab. Natürlich glaubte sie ihm kein Wort, aber das war auch nicht von Bedeutung.

Sie griff ungefragt nach seinem Weinbecher und trank ihn mit wenigen Schlucken leer.

„Kommen wir zum Geschäft! Wer ist es, und wie viel?"

Moser zog einen kleinen, ledernen Beutel aus der Innentasche seines mit Flicken übersäten Mantels und schob ihn über den Tisch.

Sie ließ ihn blitzschnell unter ihrem Kleid verschwinden.

Moser hätte zu gerne nachgeschaut, wo genau sie ihn untergebracht hatte.

Lena sah rasch um sich, doch das schummrige Licht und der Qualm in der Schänke verhinderten jegliche Beobachtung von etwas, was sich mehr als zwei Armlängen entfernt zutrug.

„Wie viel?", fragte sie noch einmal.

„Man hat mir deinen Preis genannt. Im Beutel befindet sich die Hälfte. Den Rest bekommst du nach der Ausführung."

„Wer?" Lenas Gesicht war noch immer ausdruckslos, obwohl sich in ihren Augen unverhohlene Neugier spiegelte. Ungeduldig wischte sie sich zwei widerspenstige, braune Haarlocken aus den Augen.

Moser wiegte seinen Kopf hin und her: „Nicht ganz einfach, der Auftrag, ich geb's zu, aber man hat mir zugesichert, für dich sei das kein Problem."

„Wer?", wiederholte sie ihre Frage gereizt.

„Major Gruber."

Lenas Kopf ruckte hoch.

Moser bemerkte verwundert, wie gleichermaßen Überraschung und Empörung in ihren Augen funkelten. Doch nur ein Augenblick, dann hatte sie sich wieder in der Gewalt.

Sie stand auf, bedeutete Moser zu warten und ging zum Wirt hinter dem Schanktisch. Sie flüsterte ihm etwas ins Ohr.

Der Wirt nickte und deutete auf eine Tür hinter sich.

Lena gab Moser einen Wink, mitzukommen.

Er folgte ihr zögernd. An der Schank ließ er sich noch rasch den Becher füllen und ging ihr nach. Modriger Geruch von verfaultem Holz und feuchtem Gemäuer umfing ihn. Mit einem unguten Gefühl in den Gedärmen stieg er hinter ihr die schmale Steintreppe in den ersten Stock hoch.

Lena führte ihn in eine kleine Kammer, deren einzige Einrichtung aus einem klapprigen Bett und einer Kommode bestand.

Sie ließ sich auf das Bett sinken, wobei sie es schaffte, auf eine raffinierte Weise so dazuliegen, dass ihre Beine bis hoch zu den Schenkeln entblößt waren. Genüsslich streckte sie sich.

Moser zwang sich, nicht auf ihren Körper hinabzuschauen, um dieses offenkundige Verführungsszenario nicht wahrzunehmen. Demonstrativ wandte er sich ab, lief zum Fenster und schaute dem Schneetreiben zu.

„Warum gerade er?", fragte sie mit betont gleichgültiger Stimme.

„Hast du mich in diese Kammer gebracht, um das zu erfahren?"

„Du glaubst doch nicht etwa, nur weil du mir einen Auftrag gibst, mach ich für dich die Beine breit?"

Überrascht drehte er sich zu ihr um. Wie bissig böse sie sein kann, dachte Moser. Bei diesen Tönen könnte sie sich nackt ausziehen, ich würde abhauen.

Im nächsten Augenblick schlug ihre Laune wieder um, und sie zeigte ihm ihr charmantestes Lächeln.

„Obwohl, du bist ein stattlicher Mann und sicher keine schlechte Partie. Eine Erfahrung wärst du allemal wert." Dann lachte sie laut auf. „Lieber nicht!"

Moser beschloss, dem dummen Geschwätz ein Ende zu bereiten: „Ich will deinen Körper nicht", sagte er voller Unmut, „ich will von dir nur eines wissen; nimmst du den Auftrag an oder nicht?"

„Beim ersten Mal sage ich nie ja", flunkerte sie. „In zwei Tagen lasse ich dir eine Nachricht zukommen."

„Wohin?", forschte er mit hochgezogenen Augenbrauen. „Du kennst mich doch gar nicht."

„Sei unbesorgt, ich werde dich finden."

Moser ging zur Tür.

Ihre Stimme hielt ihn zurück: „Wie? Wie soll es geschehen?"

„Das sei dir überlassen. Aber ich zähle darauf, dass es bald geschieht."

Als er sich umwandte und einen letzten Blick auf sie warf, räkelte sie sich mit gespreizten Beinen und klimperte mit dem Geldbeutel auf ihrem Bauch.

Er schloss die Tür hinter sich und stieg die Treppe hinunter. Ihr ordinäres Lachen verfolgte ihn noch als er aus dem Haus trat. Bevor er aus dem Laubengang hinaus in das Schneegestöber lief, atmete er tief durch.

Zwei Tage darauf ließ ihm Lena eine Nachricht überbringen, wo sie sich treffen sollten. Draußen war eine eiskalte Nacht angebrochen. Doch hier drinnen, zwischen Bierfässern und Fuhrwerken, wo sich der warme Geruch von Pferden und Mist mit dem Parfüm von Lena auf eine für ihn aufregende Weise vermischte, war es gut auszuhalten.

Lena hatte ihn überrascht. Sie trug heute eine enge Jacke aus grünem Samt und einen langen Reitrock gleicher Farbe. Die braunen Locken hatte sie hochgesteckt und in einem Netz gebändigt, um sie unter dem kecken Hütchen unterzubringen.

„Major Gruber also", sinnierte Lena, „es wird nicht einfach werden." Sie lief mit der Reitgerte in der Hand hin und her, als wollte sie sich hier und gleich auf ein Pferd setzen, obwohl es draußen stockfinster war und eisige Verhältnisse herrschten.

Moser ließ sich von ihrem nervösen Getue nicht aufreiben und stopfte seelenruhig seine Pfeife. Als er antwortete, begleitete jedes Wort eine dicke Rauchschwade:

„Wirst du es tun?"

Moser erwartete eine konkrete Antwort, doch Lena nickte nur und antwortete stattdessen:

„Ich weiß, wer du bist! Du bist nicht Franz Pfeiffer, sondern Rittmeister Moser. Du bist der Adjutant von Oberst Fink und arbeitest als Spion in seiner Dienststelle." Sie schlug mit der Gerte gegen seine Stiefel. „Allerdings", fuhr sie fort, „weiß niemand in deiner Dienststelle etwas über diesen Auftrag, und ich frage mich; warum ich das tun soll – welchen Zweck du damit verfolgst?"

Moser war blass geworden. Er trat ein paar Schritte zurück, damit Lena nicht in seinem Gesicht zu lesen vermochte.

„Wer bist du? Intrigantin, Informantin …, für wen arbeitest du? Sag schon!", forderte er sie mit rauer Stimme auf.

„Ich bin das, wofür du mich ausgewählt hast."

Moser ging einen Schritt auf sie zu. Er verspürte eine unbändige Lust, dieser unverschämten Hure eine Ohrfeige zu verpassen. Wütend fuhr er sie an:

„Warum redest du dann über mich? Ich bin nicht Ziel deines Auftrags!"

„Es gehört zu meiner Arbeit, informiert zu sein. Zu wissen, mit wem man es zu tun hat. Vor allem, wenn es darum geht, den mächtigsten – und wohlgemerkt – auch den beliebtesten Mann in der Garnison aus dem Weg zu räumen."

„Woher hast du die Informationen über mich?"

Lena zuckte mit den Schultern: „Das spielt keine Rolle. Ich werde deinen Auftrag annehmen."

Moser schüttelte heftig den Kopf: „Ich entziehe dir den Auftrag. Ich kann dir nicht mehr trauen. Von einem Menschen wie dir habe ich Diskretion erwartet." Er tat, als wolle er gehen und setzte einen Schritt zurück. Doch dann wandte er sich blitzschnell um, und in seiner Hand lag eine Pistole.

Lena zog nur verwundert die Augenbrauen hoch, blieb aber sonst ruhig, obwohl er auf ihre Brust zielte. Langsam ging sie auf ihn zu, wobei sie ihn unablässig an ihren Blick fesselte. Moser stand da, zielte und glotzte, keiner Bewegung fähig. Als sie so nah vor ihm stand, dass die Pistole fast ihren Busen berührte, öffnete sie mit knappen, geübten Bewegungen die Knopfleiste ihrer Jacke und dann die der Bluse, bis ihre Brüste vollends entblößt seinen Atem stocken ließen.

„Ich habe deinen Blick, in der Kammer dort oben, richtig gedeutet", flüsterte sie, wie eine Katze schnurrend. „Du wirst mich nicht erschießen. Nicht jetzt und nicht hier." Sie schob seinen Arm mit der Pistole beiseite und legte ihre Arme um seinen Nacken.

Oberst Fink stellte das leere Schnapsglas hart auf den Tisch und nahm sich eine Zigarre aus der kleinen Holzschatulle. Genussvoll schmauchend lehnte er sich im Sessel zurück und sah seinem Adjutanten in die Augen.

„Nun, Moser, was ist mit dem Auftrag? Haben Sie Kontakt aufgenommen?"

Moser schlug die Hacken zusammen und stand stramm. „Wie Sie angeordnet haben, Herr Oberst."

Oberst Fink zwirbelte mit Zeigefinger und Daumen an den Spitzen seines Schnauzers. Moser schien es, als würde ein Lächeln über sein zerfurchtes Gesicht huschen.

„Wann? Moser, wann?", fragte er ungeduldig und fuchtelte mit den Händen, als müsste er Moser alles aus der Nase ziehen.

„Übermorgen, Herr Oberst; beim Offiziersempfang."

Fink hob überrascht den Kopf. „So rasch schon? Gut. Sehr gut sogar", murmelte er. Er zog eine Schublade auf und warf einen Beutel auf den Tisch. „Hier, die zweite Hälfte des ausgemachten Lohnes. Geben Sie es ihr, wenn sie die Aufgabe erledigt hat." Dann gab er Moser einen Wink zu gehen. Er war schon fast durch die Tür, als ihn Finks Stimme noch einmal zurückholte.

„Moser! Bei der Aufdeckungsleitstelle liegt ein Bericht vor, wonach ein Attentat auf Major Gruber verübt werden soll. Wissen Sie etwas davon?"

„Nein Herr Oberst", sagte er wahrheitsgetreu. Seine Gedanken wechselten kurz zu Lena; ob sie etwas davon wusste?

„Wahrscheinlich ist es wieder das Gewäsch irgendeines Wichtigtuers."

„Und diese Lena hat nichts damit zu tun, Moser?"

Mosers nahm unwillkürlich wieder Haltung an, wippte jedoch auf den Absätzen auf und ab, was ziemlich grotesk aussah und schüttelte den Kopf: „Natürlich nicht, Herr Oberst. Die Dame ist ausschließlich mir verpflichtet." Im selben Augenblick dachte er, wie unsinnig dieser Spruch war und fügte im Stillen hinzu, dass das wohl nur für diesen speziellen Auftrag galt.

„Gut, Moser, Sie können gehen. Ich werde sehen, ob ich eine Beförderung für Sie bewirken kann. Wenn auch nicht gleich zu Grubers Nachfolger, so doch vielleicht zum Kommandant der Aufklärung. Was halten Sie davon?"

„Es wird mir eine Ehre sein, Herr Oberst."

Zur Bekräftigung schlug er noch einmal die Hacken zusammen, salutierte und verließ die Kommandantur.

Als er den düsteren Gang zum Ausgang der Offiziersmesse hinunterlief, sann er über die Bemerkung des Obersts wegen dem Attentat nach. Woher wusste Oberst Fink, wie die Dame hieß? Moser hatte ihren Namen nie erwähnt, das wusste er mit Bestimmtheit. Nun gut, mit dem Attentat auf Gruber habe ich wirklich nichts zu tun, dachte er, aber könnte es sein, dass Lena Bescheid weiß? Sie hatte immerhin zugegeben, dass sie mit jemandem aus seiner Dienststelle gesprochen habe. Oder hatte sie höchstpersönlich das Gerücht über einen Anschlag auf Gruber verbreitet? Das wäre ein genialer Schachzug. Andererseits, warum erteilte dann Fink ihm, Moser, einen solchen Auftrag? Um selbst nicht in Verdacht zu geraten? Sei's drum, dachte er, es wird sich zeigen, was Sache ist.

Mit weit ausholenden Schritten lief er über den Exerzierplatz. Als er an den Stallungen vorbeikam, hatte er plötzlich wieder diese ruchlose Mischung aus Pferdeschweiß und Lenas Parfüm in der Nase. Kopfschüttelnd lief er weiter. Ich muss aufpassen, dachte er, dieses Weib vernebelt mir noch vollends die Sinne.

Am Morgen des 12. Januar 1894 las Rittmeister Moser – und vermutlich noch einige Tausend anderer Feldkircher – die Landesnachrichten, die in dicken Lettern vom meuchlerischen Anschlag auf Major Gruber berichteten. Über die Hintergründe des Mordes war nichts bekannt geworden; somit lieferte auch die Zeitung nur Spekulationen. Allerdings erging sich der Schreiber posthum geradezu anbiederisch in Lobhudeleien, was die Person Grubers betraf, sodass Moser die Zeitung verärgert zur Seite warf.

Er sollte eigentlich zufrieden sein. Schließlich zählte allein die Tatsache, dass Gruber ins Gras gebissen hatte – im Hinblick auf seinen Auftrag. Lena hatte gute Arbeit geleistet, und die Aussicht, schon bald einen Kommandoposten innezuhaben, erfüllte ihn mit Genugtuung und Stolz. Aber da war noch etwas anderes, was ihn beflügelte; eine wilde Erregung, die ihn stündlich noch mehr verzehrte. Seit diesem Abend vor zwei Tagen, als ihn Lena verführt hatte, konnte er kaum noch an etwas anderes denken als an ihren hungrigen Körper.

Für heute hatte er vorsorglich ein Zimmer im Löwen reservieren lassen, um den gelungenen Anschlag gebührend zu feiern. Gebührend hieß in diesem speziellen Fall, dass sie wohl den ganzen Tag im Bett verbringen würden, dachte er. Zufrieden sein Spiegelbild angrinsend, band er sich die Schleife über den frisch gestärkten Stehkragen, schlüpfte in die Uniformjacke und verließ das Haus.

Draußen fiel der Schnee in dicken, trägen Flocken. Im Zimmer war es wohl zu kühl, um ohne Kleider da zu liegen, doch ihre Körper glühten noch immer von ihrem wilden, hemmungslosen Treiben. Auf dem Tisch neben dem Bett standen eine Flasche Champagner, zwei Gläser und ein Tablett mit belegten Broten. Moser griff nach dem Glas und stürzte es in einem Zug hinunter. Dann ließ er sich erschöpft zurück aufs Bett sinken. Lena saß neben ihm, ein Ende vom Laken um die Schultern gewunden, und kramte in der Nachttischlade nach irgendwas.

Moser streichelte gedankenverloren über die Hüften seiner Geliebten.

„Wie hast du ihn getötet?"

Lena beugte sich über ihn und küsste ihn auf die Brust.

„Ich habe ihn nicht getötet."

Er ruckte erschrocken hoch. Seine Hände klammerten sich an Lenas Schultern.

„Du hast was …?"

„… ihn nicht getötet, mein Liebling. Gruber lag schon tot im Salon seiner Villa, als ich hinkam. Jemand ist mir zuvorgekommen."

Moser ließ sich in das Kissen zurückfallen. Das Attentat! Natürlich! Dann war es also doch keine Ente. Ein irrer Gedanke schoss ihm durch den Kopf. Die zweite Hälfte des Blutgeldes – das steht mir zu, nicht Lena, dachte er. Er tätschelte Lena den Rücken und sagte verschwörerisch leise:

„Oberst Fink braucht ja nicht zu erfahren, dass jemand anderer den Auftrag ausgeführt hat. Wir können uns das Geld also getrost teilen. Du behältst die erste Hälfte, und ich bekomme den Rest."

Lena beugte sich wieder über ihn, sodass ihre Brüste warm und schwer auf ihm lagen: „Da irrst du dich, mein Liebling, ich bekomme alles", antwortete sie weich.

„Warum?", stammelte Moser irritiert.

„Weil Fink den Auftrag geändert hat."

Moser sah sie an, wollte fragen, wie und warum in Gottes Namen, doch sie verschloss ihm mit ihren himbeersüßen Lippen rasch den Mund.

Augenblicklich ergab er sich der Lust und schloss verzückt die Augen. Lena hatte auf diesen Moment gewartet. Während sie sich ein wenig aufrichtete, zog sie mit einer einzigen, fast anmutigen Bewegung das Rasiermesser durch Mosers Kehle.

Ein Traum von einem Sommer

Alexander Fehr

Oft sind es Ereignisse ohne jede Bedeutung, und doch spielen sie eine wichtige Rolle im Leben – und sei es nur, um hin und wieder ein Lächeln auf unsere Lippen zu zaubern, wenn wir zurück denken.

Dieser Sommer vor mehr als dreißig Jahren galt als Jahrhundertsommer. Jeder Tag war so heiß, dass man glaubte, es wäre keine Steigerung mehr möglich. Die Menschen in unserem kleinen Städtchen stöhnten Tag für Tag gleichermaßen, wie sie sich sonst über den ewigen Regen ausließen.

Ich war vierzehn und stand mit beiden Beinen tief in der Pubertät. Eigentlich empfand ich diesen Lebensabschnitt nicht unangenehmer wie die Zeit davor oder danach, und doch war es eine Phase der Orientierungslosigkeit. Die Freundinnen meiner Mutter himmelten mich an, was wahrscheinlich vom häuslichen Frust und deren dickbäuchigen Ehemänner herrührte. Ich selbst empfand mich damals nicht als wirklich hübsch und schon gar nicht männlich.

Ich mochte diesen Sommer, weil die Tage voll mit kleinen Abenteuern waren. Am Schönsten waren unsere Treffen am kleinen See, nicht weit weg von mir zu Hause. Das Ufer war mit dichten Sträuchern, Schilf und Seerosen gut verwachsen. Vereinzelt dehnten sich kleine Buchten aus, wo man sich ungestört zurückziehen konnte. An den flachen Stränden feierten wir unsere Feste am Lagerfeuer.

Wieder so ein heißer Nachmittag, mitten im August. Ich wartete an unserem kleinen Strand ganz am Ende des Sees, dort, wo das Gestrüpp am dichtesten war, auf meine Freunde, die sich wieder einmal verspäteten. Ein gut verstecktes Plätzchen, das kaum eingesehen werden konnte und einen tollen Blick über den ganzen See bot. Ich suchte mir ein schattiges Plätzchen unter einem Busch und streckte meine Füße ins kalte Nass. Dummerweise hatte ich meine Badehose vergessen und ärgerte mich sehr darüber.

Um mir die Zeit zu vertreiben, warf ich kleine Steine in den See und betrachtete die weiten Kreise, die sich auf der glatten Oberfläche des fast schon dampfenden Sees bildeten. Kaum jemand war schon so früh am See, und ich genoss die Ruhe und Einsamkeit, bis ich plötzlich feststellte, dass ich doch nicht ganz so alleine war. Nur wenige Meter neben meinem lauschigen Plätzchen entdeckte ich, wie eine dunkelhaarige Frau die Decke ausbreitete und soeben aus ihrem dünnen, rot-weiß gepunkteten Sommerkleidchen stieg.

Bewegungslos verharrte ich neugierig und beobachtete sie im Wissen, dass sie mich nicht sehen konnte. Auch wenn ich noch keine einschlägigen Erfahrungen in Damenentkleidungen gemacht hatte, erkannte ich doch, dass sie äußerst attraktiv war. Ausgestattet mit einer verführerisch schlanken Figur und wundervollen, kleinen Bällchen, die mir den Atem raubten. Ich schätzte sie auf Anfang dreißig. Ein Filmstar. Nichts anderes kam mir in den Sinn. Sie musste direkt einer dieser Illustrierten entstiegen sein, die ich mir nachts, mit einer Taschenlampe unter der Bettdecke, ansah. Sogar ihr kurz geschnittenes, schwarzes Haar trug sie genau so wie diese Feen aus meiner Phantasie,

Ich schaute gebannt zu, wie sie das Kleidchen über den Kopf zog. Eine solche Frau hier in unserem Ort, hier am See! Träumte ich nur oder hatte sich tatsächlich ein Filmstar hierher verirrt und suchte an diesem Plätzchen nun seine Ruhe? Meine Phantasie machte Bocksprünge. Unmittelbar vor mir stand eine solch bezaubernde Frau, wie man sie in Wirklichkeit eigentlich nie antrifft, und das nur in Unterwäsche. Doch was ich nie und nimmer zu wagen gehofft hätte, geschah tatsächlich; sie zog sich aus. Splitternackt! Ich fasste es nicht. Ganz so, wie Gott sie geschaffen hatte, stand sie nun da, wenige Meter vor mir.

Um alles sehen zu können, wagte ich mich weiter vor, zu weit, denn mein rechter Fuß versank im Schlamm, und als ich ihn raus zog, gab es ein lautes, blubberndes Geräusch. Stolpernd und still vor mich hin fluchend stürzte ich in das Dickicht.

Natürlich hatte sie mein tölpelhaftes Benehmen bemerkt. Etwas verwirrt, aber keineswegs erschrocken starrte sie mich mit ihren wundervollen blauen Augen an, deren Lider mit pechschwarzem Kajal betont wurden. Ihre stolze Haltung veränderte sich kein bisschen. Ihre Hände an den wohlgeformten Hüften aufgestützt, drehte sie sich selbstbewusst ein wenig zu mir her, wobei sich ihre herrlichen Brüste mir zuwandten. Ich vermochte meinen Blick nicht von ihnen zu nehmen. Ihre makellose Haut glänzte vom Hals bis zu den Zehen in einem leichten Nussbraun und zeigte, dass sie sich nicht das erste Mal nackt unter der Sonne aufhielt. Ihre karmesinroten Lippen verzogen sich zu einem freundlich-spöttischen Lächeln, wobei sie sich mit einer Hand eine verirrte Locke ihres schwarzen Haares aus der Stirn fegte.

„Na mein Kleiner, was suchst du denn?"

Ihre erotische Stimme nebelte mich sofort ein, und ich glaubte, eine Sirene vor mir zu haben. Mit offenem Mund stand ich vor ihr und wollte eigentlich für immer und ewig im Erdboden verschwinden.

„Machst du das öfters?", fragte sie mich in einem fordernden Ton, und ihre Lippen zeigten immer noch ihr Filmstarlächeln.

Jetzt wurde es wirklich peinlich. Sie bezichtigte mich tatsächlich, ein Spanner zu sein.

„Aber nein, ganz und gar nicht! Wie kommen Sie denn darauf?", protestierte ich heftig und muss erst recht lächerlich gewirkt haben.

„So, so, dann hast du vielleicht Pilze gesucht?" Ihre marineblauen Augen waren auf mich gerichtet und sagten in deutlicher Sprache, dass sie ganz genau wusste, was ich hier machte. Mit kurzen Schritten ging sie aufs Wasser zu. Bevor sie sich jedoch reinstürzte, drehte sie sich nochmals um, und ich hatte das Gefühl, dass ich etwas zu meiner Verteidigung anbringen musste:

„Ich …, wir … sind oft da – meine Freunde und ich. Das ist unsere Lagerfeuerstelle, und eigentlich warte ich nur auf meine Kumpels. Und außerdem wollte ich baden."

„Ach ja, und das in deinen Kleidern!"

Sie hatte mich ertappt. Etwas betroffen schaute ich an mir herunter, und mir wurde bewusst, wie leicht ich der Lüge überführt wurde.

„Na, dann komm doch ins Wasser!", rief sie in einer zuckersüßen Art, der ich kaum widerstehen konnte, und streckte mir auffordernd eine Hand entgegen.

Ich betrachtete einen winzigen Moment ihre gepflegten Nägel, die mit rubinrotem Nagellack bestrichen waren und wünschte mir nichts mehr, als diese Hand zu ergreifen. Stotternd sagte ich zu ihr: „Ich, … Ich kann nicht, … ich habe keine Badehose dabei."

Sie lachte kurz auf und drehte sich dabei absichtlich mit dem Rücken zum Wasser, sodass ich ihre Brüste in voller Pracht bestaunen konnte.

„Na dann sind wir ja schon zu zweit. Mach kein Theater und komm rein!"

Wollte ich mein Gesicht nicht völlig verlieren, musste ich handeln. Mit der größten Coolness, die ich aufbringen konnte, entkleidete ich mich. Bei der Unterhose hätte ich beinahe gekniffen.

Sie merkte wohl meine Scham, da sie sich lächelnd umdrehte, um mit einem lauten Platsch ins Wasser zu springen. Für einige Augenblicke verschwand sie vollständig im See.

Diese Gelegenheit nutzte ich, um hastig meine Unterhose auszuziehen und ihr mit wenigen Schritten nach ins Wasser zu folgen.

Was für ein herrliches Gefühl, ohne hindernden Stoff im Wasser zu tollen! Ich kam mir vor wie ein junger Gott und benahm mich auch wie ein solcher. Mein Filmstar nahm das Ganze nicht so ernst, und doch gab sie mir das Gefühl, ein Mann zu sein. Sie spielte das Spiel mit und hatte wohl ihr Vergnügen daran. Wir hielten uns und rangen miteinander. Ich spritzte ihr Wasser ins Gesicht, und sie tauchte mich unter. Es durchzuckte mich jedes Mal, wenn ich ihre glatte Haut berührte und ihre Brüste sanft auf meinem Körper spürte. Ich wollte ihr so nahe wie nur möglich sein, sie spüren und halten, wo ich nur konnte. Ich steigerte mich hinein in meine Tollerei. Alles um mich herum war vergessen. Ich sah nur eine wunderschöne Frau, die mit mir, mit mir ganz allein hier im Wasser war und ihren Spaß hatte. Wie war ich glücklich in diesem Augenblick!

Wie selbstverständlich stiegen wir gemeinsam aus dem Wasser. Ich achtete gar nicht mehr auf mein Nacktsein und nahm es auch als selbstverständlich an, dass sie nackt war. Ich lachte immer noch über unsere Blödeleien im Wasser, als sie schon ihre Sachen an sich genommen und unter den Arm geklemmt hatte.

Tief blickte sie mir in die Augen und gab mir einen, für mich unendlich langen, Kuss auf die Lippen. Mit einem Lächeln, das auch gestandene Männer zum Schmelzen gebracht hätte, hauchte sie ein Ciao. Dann verschwand sie im Gebüsch, zog sich eilig an, schwang sich auf ihr Fahrrad, das an einem Baum lehnte, und radelte davon.

Sie war schon längst weg, als ich mir meiner Nacktheit wieder bewusst wurde. Beschämt zog ich mich an und legte mich, vor mich hin träumend in den Schatten und wartete auf meine Freunde. Ich erzählte ihnen nichts von meinem Erlebnis. Sie hätten mir ja sowieso nicht geglaubt. Aber ich schmecke noch heute den Kuss, so frisch, als ob ich ihn gerade eben erst bekommen hätte.

Die Farbe Grün

Horst Stefan Jochum

Der Grünhändler ist ein Mann, der mit allem handelt, was grün ist. Aufs gerade Wohl sollte man meinen, dies sei kein erträgliches Geschäft, aber weit gefehlt ist diese Annahme. Denn der Grünhändler hat einen besonderen Kunden: Den Grünsammler.

Der Grünsammler ist ein Mann, der alles sammelt, was grün ist. Aber, obwohl der Grünsammler ein sehr guter Kunde ist, ist er zugleich jemand, dessen Ansprüche ständig steigen. Gibt der Grünsammler zu Anfang Bestellungen auf, wie: Ein grüner Kategegürtel, sieben Grünnelken, ein grüner Gartenzwerg, eine Flasche Absinth, eine Polizeimütze, ein Pfund Grünalgen, grüne Jade aus China, so werden seine Bestellungen mit der Zeit immer ausgefallener, und schon bald gehen Bestellungen ein, wie: eine Originaluniform der grünen Teufel von 1944, ein Malachit aus Neuschwabenland, zwölf Kilo Grünspan aus der Ukraine, das Parteiprogramm der Grünen von 1983, eine Kiste Waldmeisterbrause aus dem Erzgebirge, die Erstausgabe des Grünen Buches, eine Lkw-Ladung Grünerde, ein zweijähriger Grünfink, ein Klumpen grünes Gift aus Malaysia, ein grasgrüner neunundsechziger Cadillac Eldorado, eine Fahne des FC Grün- Weiß Grübenzell und eine Fanmütze des SSV Grün-Schwarz Greifswald e.V.

Da der Grünhändler ein findiger Geschäftsmann ist, der im Verlauf seiner Tätigkeit viele Kontakte zu Herstellern, Handelsvertretern, Antiquitätenhändlern und Im- und Exporteuren aufbaut, kann er bislang jeden Auftrag des Grünsammlers ausführen.

Aber die Wünsche des Grünsammlers werden immer ausgefallener. So kommt plötzlich ein Fax, das den Grünhändler zunächst ratlos macht: „Bitte liefern Sie: die grüne Welle in der Wuppertaler Innenstadt vom 12. März 2004; 20:32 Uhr. Gezeichnet: Der Grünsammler."

Der Grünhändler beugt sich stundenlang über seine Lieferverzeichnisse. Ohne Ergebnis, denn kein Eintrag verweist auf eine grüne Welle, von der grüne Welle in der Wuppertaler Innenstadt vom 12. März 2004; 20:32 Uhr ganz zu schweigen.

Der Grünhändler telefoniert mit allen ihm bekannten Herstellern, Handelsvertretern, Antiquitätenhändlern und Im- und Exporteuren. Aber auch dies ohne Ergebnis. Niemand ist in der Lage, eine grüne Welle zu liefern, von der grünen Welle in der Wuppertaler Innenstadt vom 12. März 2004; 20:32 Uhr ganz zu schweigen.

Der Grünhändler ruft den Grünsammler an und teilt ihm mit, dass er außerstande ist, den Auftrag auszuführen.

Der Grünsammler ist ungehalten und droht, die Geschäftsbeziehungen abzubrechen.

Mit kaltem Schweiß auf der Stirn geht der Grünhändler die Angebote eines Internet-Auktionshauses durch. Alles, was er findet, ist das Angebot eines Fotos von der Wuppertaler Innenstadt. Der Grünhändler betrachtet das Foto und kann kaum glauben, was er da sieht: Sämtliche abgebildete Ampeln sind grün. Mit zittriger Hand schreibt der Grünhändler dem Anbieter eine E-Mail mit einer einzigen Frage:

„Von wann ist das Foto?"

Die Antwort kommt prompt:

„Das Foto stammt vom 12. März 2004; 20:32 Uhr."

Der Grünhändler jubelt und liefert eine Woche später „die grüne Welle in der Wuppertaler Innenstadt vom 12. März 2004; 20:32 Uhr."

Bereits ein Tag nach Auslieferung der grünen Welle kommt das nächste Fax im Büro des Grünhändlers an:

„Bitte liefern Sie: einen Grünschnabel. Gezeichnet: Der Grünsammler."

Dies dürfte keine sehr schwierige Aufgabe sein, denkt der Grünhändler, reibt sich die Hände und beschließt sofort, in der nächstbesten Tierhandlung ein Vogelexemplar mit grünem Schnabel ausfindig zu machen. Es dauert nicht lange, und der Grünhändler steht vor einem Käfig, in dem ein gut vierzig Zentimeter großer Grünbrust-Ara auf der Stange sitzt und krächzt.

„Bingo", ruft der Grünhändler, „ein Grünschnabel", erwirbt den Vogel und schickt ihn Tags darauf zu seinem Kunden.

Aber bereits zwei Tage später kommt die Sendung zurück:

„Dies ist kein Grünschnabel, sondern ein Grünbrust-Ara mit einem türkisblauen Schnabel, um genau zu sein: Türkisblau RAL 5018. Außerdem krächzt Ihr Vogel Tag und Nacht und stört somit meine Sammlermuse auf das Empfindlichste. Bitte führen Sie meine Aufträge zukünftig mit größerer Sorgfalt aus oder ich sehe mich gezwungen, unsere Geschäftsbeziehung zu beenden. Gezeichnet: Der Grünsammler."

Der Grünhändler betrachtet den Schnabel des Vogels und findet, dass er in der Tat blau und nicht grün ist. Der Grünhändler ist untröstlich. Wie konnte ihm so etwas passieren?

Nachdem sich der Grünhändler beruhigt hat, beschließt er den städtischen Zoo zu besuchen. Es wird ja wohl noch einen Vogel mit einem grünen Schnabel geben. Der Grünhändler durchstreift das Greifvogelgehege, das Singvogelgehege, das Paradiesvogelgehege und die Papageienkäfige. Zu guter Letzt steht er vor einem Käfig, in dem ein ganz und gar grüner Vogel sitzt. Auf den Schild steht: Kea.

Der Vogel neigt seinen Kopf und blinkt den Grünhändler mit einer schelmischen Verliebtheit an, als wollte er sagen: „Hier bin ich, nimm mich mit!"

Das lässt sich der Grünhändler nicht zweimal sagen. Er versteckt sich bis zur Dunkelheit, um dann die Vogelvoliere aufzubrechen. Aber da verwandelt sich der schelmisch verliebte Blick des Vogels in pures Gift, und der Kea beißt dem Grünhändler derart fest in den Finger, sodass dieser vor Schmerz aufschreit.

Dennoch gelingt es dem Grünhändler, das Tier zu entwenden, denn er wirft dem Vogel einen Lappen über, packt ihn und macht sich aus dem Staub, um ihn anderntags an seinen Kunden zu versenden.

Keine zwei Tage später kommt der Vogel mit der Bemerkung zurück: „Der Schnabel des Vogel ist nicht grün, sondern olivgelb, um genau zu sein olivgelb Ral 1020. Außerdem hat mir Ihr unverschämter Vogel derart heftig in den Finger gebissen, dass ich vor Schmerz aufschreien musste. Und so schreie ich jetzt mal mit Ihnen: Bringen Sie mir endlich die bestellte Ware und nicht anderes!"

Da der Grünhändler über dem Schreiben in Depressionen zu versinken droht, beschließt er kurzerhand die nächste Bar aufzusuchen, um seinen Misserfolg mit ein paar Bieren herunterzuspülen.

So steht er schließlich an der Theke, schlürft an seinem Glas und belauscht mit halbem Ohr das Gespräch der Männer am Tisch.

„Über die Weiber, da kann ich euch was erzählen", ruft einer.

„Was willst du uns erzählen, ... du ... Grünschnabel", braust ein anderer auf.

Der Grünsammler fährt hoch und verschüttet fast sein Bier, dann blickt er sich um: Der als Grünschnabel bezeichnete Herr trägt ein kariertes Hemd, dürfte um die zwanzig Jahre alt sein und scheint dem Grünhändler in der Tat wie ein Grünschnabel auszusehen.

Der Grünhändler nimmt sein Bier, setzt sich zu dem jungen Herrn und kommt mit ihm ins Gespräch.

Der Grünschnabel erzählt wundersame Dinge, so zum Beispiel von Frauen, die sich plötzlich als Männer entpuppen, von Frauen, die Frauen lieben, und so weiter, sodass der Grünhändler zu der festen Überzeugung gelangt, dass sein Gegenüber in der Tat ein Grünschnabel ist, und zwar ein Reinexemplar von einem Grünschnabel.

Der Grünhändler spendiert dem Grünschnabel einen Schnaps nach dem anderen und nimmt ihn, als er komplett betrunken ist, mit zu sich nach Hause, wo er ihn in der Toilette einschließt.

Als der Grünschnabel an anderen Morgen seinen Rausch ausgeschlafen hat, trommelt er gegen die Tür und ruft: „Lass mich hier raus, du perverser Spinner ... hörst du? Hört mich einer? ... Hallo! ... Verdammt noch mal! ... Warte nur, Freundchen, sobald ich hier raus bin, breche ich dir alle Knochen!"

Mit siegesgewisser Gelassenheit sendet der Grünhändler ein Fax: „Habe einen Grünschnabel für Sie gefangen. Ich habe ihn in meinem Badezimmer festgesetzt. Da mir der Grünschnabel Gewalt angedroht hat, ist es mir leider nicht möglich, ihn zu versenden. Schlage Ihnen daher vor, diesen bei mir abzuholen."

Die Rückantwort kommt prompt: „Erfüllungsort der Lieferung ist meine Hausadresse. Eine Abholung durch mich kommt nicht in Frage. Außerdem entnehme ich Ihrem Schreiben, dass Sie einen Menschen in Ihrer Wohnung gefangen halten. Haben Sie schon mal etwas von Freiheitsberaubung gehört? Wissen Sie, dass Sie sich gerade strafbar machen? Außerdem bin ich zu der Ansicht gelangt, dass Sie der Grünschnabel sind und zwar als Händler. Daher breche ich meine Geschäftsbeziehung mit Ihnen mit sofortiger Wirkung ab. Gezeichnet: Der Grünsammler."

Einen Tag später sitzt der Grünhändler mit einem blauen Auge an seinem Schreibtisch und macht sich Gedanken über seine Zukunft: Ein anderer Beruf, vielleicht Kindergärtner oder Taxifahrer, vielleicht eine andere Stadt. Vielleicht ein anderes Land ... Vielleicht sollte er sich endlich eine Frau suchen. Alle mögliche Dinge gehen ihm durch den Kopf, als plötzlich das Fax rattert: „Anfrage: Benötige schnellstmöglich ein Che Guevara-T-Shirt. Größe L. Gezeichnet: Der Rotsammler."

Geschmackvoll

Gerlinde File

Ich setzte mich an den Tisch, hungrig, erwartungsfroh. Es würde doch sicher bald etwas zu essen geben! Vorläufig war ich allein.

Der Tisch war mit einem weißen Tischtuch bedeckt. Bunte Blumengirlanden lagen da. In der Mitte des Tisches stand ein siebenarmiger Leuchter aus Gold, ein Erbstück der Familie, wertvoll, geschmackvoll.

Ich saß am Tisch und wartete. Niemand kam, niemand brachte etwas zu essen.

Der siebenarmige Leuchter fesselte meine ganze Aufmerksamkeit: Geschmackvoll, wirklich geschmackvoll.

Man sollte das ausprobieren, dachte ich mir, wie geschmackvoll das Ding wirklich ist.

Man ließ mich warten. Ich hatte Hunger. In mir erwachte das Tier.

Verstohlen blickte ich nach links und nach rechts, es war niemand zu sehen. Und dann hatte ich plötzlich eine Kerze in der Hand.

Mein Verstand schrie: „Nein!", aber den hatte längst etwas Größeres und Stärkeres in die Ecke gedrängt.

Mein Kiefer schnappte, schnappte nach der Kerze. Das Wasser lief mir im Mund zusammen. Meine Hand sträubte sich noch, wollte dem Verstand gehorchen, keine Chance. Mein Kiefer schnappte, näherte sich dem herausragenden Ende des Dochtes, bohrte sich ins Wachs, brach es, begann zu drücken, zu mantschen, zu mahlen. Das Wachs schmolz; schmolz wie Butter im Geifer meines Mundes. Diese Süße, milchige Süße, ein Hauch von Honig. Meine Ohren klingelten und meine Augen suchten nach mehr, mehr Wachs, mehr Kerze, mehr Süße. Die Kerze brach dahin, Stück für

Stück, gefolgt von der zweiten, der dritten. Ich aß, aß immer gieriger, gehetzt von der Angst, es könnte doch noch jemand den Raum betreten. Die vierte, die fünfte, die sechste Kerze. Ein Stück Docht blieb mir zwischen den Zähnen hängen. Ich zog ihn heraus wie einen Wurm, um mich gleich darauf mit ungehemmtem Appetit darüber her zu machen, zu zerreißen, zu zerfransen. Der Docht zerfiel in seine Bestandteile, wurde eingespeichelt, verschluckt, ein Hauch von Säure, von Würze mischte sich unter den Geschmack des Wachses. Die siebente Kerze aß ich langsamer, das Ende des Genusses fürchtend, nur noch kurz diese unnachahmliche Süße, bewusst jetzt wahrgenommen die feine Würze des Dochtes. Dann war es vorbei.

Ich leckte mir die Finger, schaute mich schuldbewusst um, niemand da, nur dieser Kerzenständer am Tisch, ein Ständer aus purem Gold, geschmackvoll, geschmackvoll, ach wie geschmackvoll. In meinem Kopf legte sich ein Hebel um, nur ein Gedanke, Gold, Gold, was kann es Besseres geben als Gold!

Meine Zähne wurden heiß bei diesem Gedanken, füllten sich mit Kraft, mit gieriger Kraft. Ich griff nach ihm, nahm den Ständer aus Gold, erfühlte ihn mit weit herausgestreckter Zunge. Gold! Euphorisierend, metallisch säuerliches Gold. Es gab kein Halten mehr. Meine Zähne schlugen sich ins Metall, gruben sich hinein, ein Krachen, ein Splittern, Gold in meinem Mund. Ein großer Klumpen zerspringt zu Stücken.

Knusper, knusper, knäuschen, wer hat je so ein knuspriges Mahl genossen?

Die Stückchen wurden kleiner, sandig, mehlig. Ein himmlischer Geschmack, als säßen Engel ringsum und spielten auf der Harfe. Ein leicht brandiger Geruch aus meinem Mund, erregend, vorantreibend. Die Zeit stand still: Nur Krachen, Kauen, ein Sinnesrausch. Der Ständer war mein, ganz mein, tief in mir, eins mit mir. Noch ein letztes Knacken, ein feines Knirschen auf den Zähnen, dann war nichts mehr da, meine Hände leer, die Mitte des Tisches leer.

Plötzlich eine Stimme hinter mir: „Was sagst du zu unserem Kerzenständer?"

Ich zucke zusammen.

„Geschmackvoll, nicht wahr, richtig geschmackvoll!"

Bettgeflüster

Klaus Höfle

Sie: „Schatz?"

Er: „Ja."

Sie: „Liebst du mich noch?"

Er: „Warum?"

Sie: „Warum, Warum? Ich frage dich, ob du mich noch liebst, und dir fällt nichts Besseres ein als Warum?"

Stille

Sie: „Ihr Männer seid alle gleich!"

Er: „Wieso?"

Sie: „Weil ihr immer alles hinterfragen müsst."

Er: „Das stimmt doch nicht."

Sie: „Doch."

Er: „Nein, stimmt nicht."

Sie: „Stimmt sehr wohl."

Er: „Ich bin müde. Gute Nacht."

Stille

Sie: „Was ist jetzt?"

Er: „Was soll sein?"

Sie: „Stell dich nicht blöd!"

Er: „Ich weiß nicht, was du meinst."

Sie: „Liebst du mich nun?"

Stille

Sie: „Ja oder nein?"

Er: „Ja."

Sie: „Etwas mehr Begeisterung, wenn ich bitten darf."

Er: „Falls du es nicht bemerkt hast – ich bin hundemüde."

Sie: „Ich auch."

Er: „Dann lass uns schlafen!"

Stille

Sie:	„Ich will doch nur wissen, ob du mich noch liebst."
Er:	„Sicher liebe ich dich."
Sie:	„Das sagst du jetzt nur."
Er:	„Wieso sollte ich?"
Sie:	„Siehst du!"
Er:	„Was?"
Sie:	„Du machst es schon wieder."
Er:	„Was denn, um Himmels willen?"
Sie:	„Alles hinterfragen."
Er:	„Ich habe doch nichts hinterfragt."
Sie:	„Hast du wohl."
Er:	„Hab' ich nicht."
Sie:	„Doch."
Er:	„Wenn du meinst."
	Stille
Sie:	„Immer wenn du nicht mehr weiter weißt, sagst du das."
Er:	„Was?"
Sie:	„Wenn du meinst."
Er:	„Jetzt hör aber auf!"
Sie:	„Streit es nicht ab! Das ist mir schon lange aufgefallen."
Er:	„Was heißt – schon lange?"
Sie:	„Eben – schon lange."
Er:	„Wie lange ist – eben schon lange?"
	Stille
Er:	„1 Jahr, 2 Jahre? Sag schon!"
Sie:	„Seit ich dich kenne. Genau zwölf Jahre, sieben Monate und ..."
Er:	„Hmmm ..."
Sie:	„Danke."
Er:	„Wofür bedankst du dich?"
Sie:	„Dafür, dass du mir recht gibst."
Er:	„Ich habe dir nicht recht gegeben."

Sie:	„Aber sicher. Immer wenn ich recht habe, machst du dieses Hmmm."
Er:	„Ach was!"
Sie:	„Oder du schweigst vor dich hin. Dann habe ich sowieso recht."
Er:	„Das bedeutet doch nicht, dass du recht hast."
Sie:	„Was denn sonst?"
	Lange Stille
Sie:	„Siehst du!"
Er:	„Was soll ich sehen?"
Sie:	„Jetzt schweigst du schon wieder."
Er:	„Weil ich endlich schlafen will."
Sie:	„Dann schlaf doch! Du tust sonst auch immer was du willst."
Er:	„Wie kannst du das behaupten?"
Sie:	„Weil es so ist."
Er:	„Dann gib mir ein Beispiel!"
Sie:	„Jetzt gerade eben."
Er:	„Ich habe doch nicht …, bitte erklär`s mir!"
Sie:	„Hast du vorhin geschwiegen – oder nicht?"
	Lange Stille
Er:	„Weißt du, ich liebe dich mehr als alles auf der Welt."
Sie:	„Das sagst du nur, weil du denkst, das ich das hören will."
Er:	„Aber das ist es doch, was du willst!"
Sie:	„Nein."
Er:	„Was dann?"
Sie:	„Ich will eine ehrliche Antwort auf meine Frage."
	Stille
Er:	„Aber du musst doch spüren, dass ich dich gern habe. Das muss ich doch nicht lange und breit erklären."
Sie:	„Was hat gern haben mit lieben zu tun?"

Er:	„Also gut – du musst doch spüren, dass ich dich liebe."
Sie:	„Und trotzdem bist du nach zwölf Jahren Ehe nicht in der Lage, mir das zu sagen. Hast du ein Problem damit?"
Er:	„Nein ... ja ... es liegt mir eben nicht."
Sie:	„Probier`s einfach!"
Er:	„Warum soll ich meine Gefühle mit schnöden Worten beschreiben?"
Sie:	„Weil bei uns Frauen nicht immer alles logisch und erklärbar sein muss. Außerdem würde ich es hin und wieder gerne von dir hören."
	Stille
Er:	„Wenn du meinst ... Ich liebe dich mehr als alle Sterne des ganzen Universums zu funkeln vermögen."
Sie:	„Jetzt übertreibst du aber!"
Er:	„Ach – lass mich doch in Ruhe!"
	Stille.
Sie:	„Schlaf gut, mein Lieblingsschatz!"
Er:	„Auch so viel." - Lange Stille
Sie:	„Weißt du, ..."
Er:	„Was denn noch?"
Sie:	„Das mit den Sternen war richtig romantisch."
Er:	„Jetzt reicht`s – ich setze mich vor die Glotze. Das Nachtprogramm kann auch nicht schlimmer sein."
Sie:	„Hab ich`s doch gewusst!"
Er:	„Was denn schon wieder?"
Sie:	„Dass du mich nicht mehr liebst."

Bahn fahren

Stefan Heinzle

Gestern bin ich Bahn gefahren. Ich fahre regelmäßig Bahn. Mir sind die Fahrten mit dem Pkw ein Graus. Da bin ich als Beifahrer – ich selber besitze weder Pkw noch Führerschein – meinem Arbeitskollegen während der Fahrt von Bregenz nach Götzis auf Tod und Verderb ausgeliefert. Er redet unermüdlich. Er überrumpelt mich mit Gesprächsthemen, über welche ich nicht diskutieren möchte. Er bemerkt nicht, dass ich längst nur noch ja oder nein sage, weil mir das Thema nicht behagt oder mich nicht interessiert. Ich hasse es.

Gar schlimmer noch als die schlechten Gesprächsthemen sind die Pausen. Wenn er nicht mehr spricht – und das kommt selten genug vor – zieht eine unangenehme Stille durch den Fonds des Wagens. Da dieser Stille beide nicht gewachsen sind, dreht er das Radio an und scrollt den Programmsuchknopf mindestens ein Dutzend Mal um seine eigene Achse. Die dabei entstehenden Wort- und Musikfetzen scheinen seinem Gehirn auf die Sprünge zu helfen, denn ihm fällt dabei immer ein neues Gesprächsthema ein. Lieber als diese Stille sind mir da doch seine Monologe, begleitet von meinem geflüsterten Ja oder Nein. Diese Stille kann ich auf den Tod nicht ausstehen, ihn genauso wenig. Ich hasse ihn. Ich hasse ihn allein deshalb, weil er mich fragt, ob ich mit ihm mitfahren möchte. Er fragt mich nur seinetwillen, damit er nicht allein fahren muss. Ihm sind die Gesprächspausen auch unangenehm, darum spricht er ständig oder dreht an seinem Sendersuchknopf beim Radio.

So fahre ich lieber Bahn. Regelmäßig. Obwohl du am Bahnsteig ständig unter Beobachtung stehst. Am Bahnsteig beobachten dich die Reisenden von allen Seiten und das die ganze Zeit. Der Bahnhof ist ständig von hunderten kleinen Spionen bevölkert. Da baut sich bei mir eine Abneigung gegen das Bahnfahren auf. Aber nur für den Moment am Bahnsteig, bevor ich mich in den Zug retten kann. Ich bemühe mich daher, möglichst wenig Zeit am Bahnsteig zu verbringen. So gebe ich den Spionen wenig Gelegenheit, mich zu beobachten. Mein Unwohlsein hält sich dann in Grenzen.

Im Pkw meines Arbeitskollegen, wenn seine Monologe wie Nieselregen auf mich niederprasseln oder wenn durch die Gesprächspausen seine Radiosendersuchaktion startet, um dadurch seinem Hirn die nötigen Impulse für neue Gesprächsthemen zu liefern, dann wünsche ich mir, ich wäre Bahn gefahren. Deswegen fahre ich lieber Bahn. Regelmäßig. Und weil meine Arbeitsstätte keinen Steinwurf vom Bahnhof entfernt liegt, was für die Verweildauer am Bahnsteig positiv ist, da ich die Wegstrecke von meiner Arbeitsstätte zum Bahnhof exakt planen kann. Außer die Bahn verspätet sich. Dann durchlöchern mich die Blicke der Bahn fahrenden Spione. Gestern bin ich auch Bahn gefahren. Ich erreichte den Bahnsteig gleichzeitig mit dem einfahrenden Zug, was zur Folge hatte, dass sich hunderte Spione enttäuscht in die Abteile schlichen.

Schadenfreude.

Ich hasse es, beobachtet zu werden. Da Bregenz eine der ersten Stationen der Bahnlinie ist, stehen mir immer genügend freie Sitzplätze zur Verfügung. Ich setze mich ausschließlich entgegen der Fahrtrichtung auf die Polsterbank. Sicher ist sicher. Bei einem Zusammenstoß mit einem entgegenkommenden Zug bildet die Bank einen natürlichen Airbag, denke ich mir. Natürlich nur bei einem Frontalzusammenstoß. Fährt uns ein schnellerer Zug ins Heck, so sitze ich auf einem wesentlich ungünstigeren Platz. Doch ist die Wahrscheinlichkeit eines Frontalzusammenstoßes größer als die eines Auffahrunfalls. Außerdem sind die auf mich einwirkenden Kräfte bei einem Frontalzusammenstoß wesentlich größer. So setzte ich mich gestern wegen der Airbagwirkung entgegen der Fahrtrichtung auf die bepolsterte Bank. Schadenfroh betrachtete ich die Nichtwissenden auf den in Fahrtrichtung positionierten Plätzen. Gestern inspizierte ich während des Bahnfahrens die Aus- und Einstiegstüre.

Ich mag es, die Leute beim Aus- und Einsteigen ins Visier zu nehmen. Du glaubst ja gar nicht, was für komische Gestalten Bahn fahren! Gestern stieg in Riedenburg – Riedenburg ist die erste Haltestelle nach Bregenz – eine sehr voluminöse Person zu. Du musst schon sehr tolerant sein, um nicht dicke Person zu sagen. Ich reagierte blitzschnell, indem ich meinen Gesichtsausdruck sofort auf sehr böse umstellte und meine Aktentasche auf die Bank vis á vis absetzte. Doch die voluminöse Person wuchtete sich trotzdem mir gegenüber auf die in Fahrtrichtung montierte Sitzbank. Jetzt kannst du dir natürlich vorstellen, dass mein ganzes Sicherheitsbewusstsein keinen Sinn macht, wenn mir gegenüber ein bestimmt hundert Kilo schwerer Brocken Platz nimmt. Jetzt überlebst du den Frontalzusammenstoß, freust du dich den Bruchteil einer Sekunde vielleicht sogar, und dann kommen hundert Kilo Fleisch auf dich zugeflogen und begraben dich bei lebendigem Leib. Müssen so voluminöse Personen denn wirklich Bahn fahren? Die mögen sich doch mit dem Pkw fortbewegen, wo sie die Sicherheit anderer nicht in dem Maße gefährden! Während der Situation gestern, musste ich mir zumindest eingestehen, dass die Fahrt mit meinem Arbeitskollegen sicherer gewesen wäre. Ich zermarterte mir das Hirn. Was sollte ich tun?

Kurz vor dem Bahnhof Dornbirn fasste ich einen Entschluss: Ich stieg am Bahnhof Dornbirn aus und in das nächste Abteil wieder ein. Mit dem Nachteil, dass ich meinen Stammplatz an der Aus- und Einstiegsstelle besetzt vorfand. Mit etwas Glück ergatterte ich einen Sitzplatz entgegen der Fahrtrichtung. Mein Sicherheitsbedürfnis wurde damit befriedigt.

In Dornbirn stieg eine ganze Schulklasse zu. Der Lärmpegel erreichte sofort die Werte eines startenden Düsenflugzeugs. Es gibt mehrere Dinge, die ich absolut nicht ausstehen kann: die Fahrten im Pkw meines Arbeitskollegen, die ständige Beobachtung am Bahnsteig und unter anderem auch Gehör schädigendes Lärmen von Kindern. Die Fahrt mit der Bahn gestaltete sich damit immer mehr zum Horrortrip. Bis zu meiner Ausstiegsstelle in Götzis hielt der Lärmpegel an, obwohl zwischenzeitlich mehrere Kinder ausgestiegen waren. Die verbliebenen Kinder kompensierten jedoch den Verlust ihresgleichen den Lärm betreffend vortrefflich.

In Götzis verließ ich völlig entnervt den Zug und machte mich schnell auf den Weg in meine Wohnung. Ich wog die Nachteile des Autofahrens mit denen des Bahnfahrens ab.

Es muss wohl wenige Meter vor meiner Haustüre gewesen sein, als ich endlich die Wurzel allen Übels erkannte: Meine Arbeitsstätte. Ich beschloss, in Götzis einen neuen Arbeitgeber zu finden.

Das Beste – wie immer per Zufall

Elke Ender

Jack saß wie immer hinten auf seinem Platz und hielt mit fester Hand das Ruder. Es kostete ihn heute viel Kraft und Konzentration, um das Schiff in dieser tobenden See auf schnellstem Kurs ums Kap in die geschützte Bucht zu steuern. Der Sturm war überraschend gekommen. Im Nu bäumten sich hohe Wellen mit schäumender weißer Krone rund ums Kap. Es fehlten nur noch wenige Meter, dann erreichte er mit seinem voll beladenen Schiff seine geliebte Bucht.

Die zwei hübschen Mädchen, die schon den ganzen Tag mit ihm flirteten, saßen leicht verkrampft mit blassem Teint im mittleren Teil des Bootes. Jetzt hatten sie keinen verführerischen Blick mehr für ihn übrig. So wie es schien brauchten sie die ganze Konzentration für die Ruhigstellung ihres Magens.

Souverän steuerte Jack um die letzten Klippen, und das Boot lag jetzt in ruhigen geschützten Gewässern. Augenblicklich lockerten sich die angespannten Körper der Bootsinsassen, und ein Aufatmen ging durch die Runde. Vor ihnen lag malerisch die Bucht mit dem kleinen Fischerdorf und dem in dem Pinienwald versteckten Campingplatz, der ohne Wissen nicht sichtbar war.

Das wohlbekannte warme Gefühl breitete sich wieder in seinem Körper aus. Er liebte diese Bucht mit all seinen goldenen Felsen und Klippen und den weißen Kieselstränden.

Gekonnt hielt er das Boot am Steg fest, bis alle Gäste den sicheren Schritt an Land gemacht hatten. Ein letzter dankbarer Blick zurück auf die schäumende See hinter dem Kap, und er begann mit der Entladung der Tauchausrüstung. Heute würde er mehr zu tun haben. Er konnte es seinen Tauchgästen nicht mehr zumuten, die Ausrüstung in die Basis zu bringen. Er war froh, wenn sie sich selber in den Griff bekamen.

Ein Blick zur Basis, die 200 m hinter dem Steg lag, zeigte ihm schon Marco, der lachend zu ihm eilte, um mit ihm die Ausrüstung in die Tauchbasis zu schaffen.

„Deine Wiederbelebungsküsse sind nicht gerade der Hammer, was?", bemerkte er mit frechem Grinsen und schaute den beiden Tauchschönheiten unverblümt hinterher.

Jack grinste: „Es kam nicht dazu, sonst wären sie anders drauf."

Sie waren ein gutes Team. Sowohl in der Tauchschule als auch im Nachtleben.

Jack mit seinen blonden Locken, die er sich straff über den Kopf spannte und mit einer Schnur am Hinterkopf bändigte. Braungebrannt, hoch gewachsen mit sportlicher Figur, zog er die Blicke der Frauen nahezu an. Sein gepflegter Bart ließ ihn älter wirken als er war.

Ein Blick in Marcos Gesicht zeigte den typischen Italiener wie aus dem Bilderbuch. Ein unschlagbares Team, wenn es um Eroberungen von Frauenherzen ging. Der hohe Anteil an weiblichen Tauchgästen war wohl doch kein Zufall!?

Nachdem sie das ganze Tauchequipment gesäubert und verstaut hatten, kümmerte sich Jack noch um das Boot. Danach ließ er sich wie schon so oft am äußersten Felsen nieder.

Hier konnte er seiner inneren Unruhe Raum geben. Auch wenn er das, was er suchte, hier nicht fand.

Sein Blick ruhte auf dem Meer. Er sah diese unendliche blaue, bewegte Fläche. Nur Wasser möchte man meinen. Doch er wusste!

Er hatte erlebt, was sich darunter verbarg. Eine Welt für sich. Unendlich groß, mit Millionen von Lebewesen, die genauso nach deren Prinzipien und Regeln funktionierte wie die unsere hier oben auch. Genauso wenig wie sich ein Fisch die unsrige funktionierende Welt vorstellen kann, genauso wenig wusste Jack über diese Unterwasserwelt.

So viele Jahre schaute er stundenlang immer wieder auf die blaue bewegte Fläche. Schon immer hatte sie ihn fasziniert. Aber erst seit seinem ersten Tauchgang wurde ihm diese Unterwasserwelt bewusst. Und mit jedem Abtauchen und Eintauchen in diese Welt berührte sie ihn mehr. Dort unten konnte er ganz abschalten. Zur Ruhe kommen. Es war seine Meditation. Die Kollegen bestaunten seinen geringen Luftverbrauch, doch Jack bemühte sich nicht. Er war wie in Trance da unten. Er regenerierte sich in den Tiefen mit dem wiegenden Wellengang, und seine Batterien wurden wieder neu aufgeladen. Er konnte sich ein Leben nur hier oben nicht vorstellen. Dabei war er ja nur durch Zufall hier gelandet.

Nach Abschluss seines Studiums hatte er genug gehabt von Verpflichtungen und Leistungsstress und war einfach mal gen Süden gereist. Richtung Meer.

Da er nicht viel Erspartes hatte, suchte er sich einen Job, um sich über Wasser zu halten. So landete er in diesem kleinen Fischerdorf und half in der Tauchbasis bei den Vor- und Nachbearbeitungen mit. Durch sein sonniges fröhliches Gemüt, seine Leichtigkeit dem Alltag gegenüber und seine positive Lebenseinstellung eroberte er sich die Herzen der Menschen hier im Nu. Dann kam der Tag der Einladung zu einem Tauchgang und somit auch der Tag, der sein Leben veränderte.

Er war glücklich hier, und doch fehlte ihm noch etwas. Immer öfters kamen die Momente, in denen er diese Sehnsucht nach Liebe spürte. Immer stärker wurde der Druck um sein Herz.

Er hatte viele Freundinnen und Liebesgespielinnen, doch die konnten diesen Herzenswunsch nicht sättigen. Sie hatten den Zugang nicht. Wie bei einer Tür, bei der der Schlüssel nicht passte oder gar nicht vorhanden war. Jack war zu tiefgründig, als dass ihm diese oberflächlichen Liebschaften genügten. Sie waren für ihn Spaß und Befriedigung. Das war zu wenig. Jack wollte diese tiefe Liebe, die er in sich spürte, mit einem Menschen teilen. Liebe bedeutete für ihn Zärtlichkeit, Nähe, Fürsorge, und Hingabe. Er war bereit dafür und auf der Suche nach dieser Partnerin.

Hektische Stimmen von der Tauchbasis rissen ihn aus seinen Gedanken. Er drehte sich um und sah seine Kollegen aufgeregt herumlaufen. Es musste etwas passiert sein. Jack sprang auf und eilte zum Geschehen. Einer seiner Tauchgäste, die er gerade zurückgebracht hatte lag am Boden, und Marco kniete bei ihm.

„Was ist passiert?", fragte Jack und konnte dabei die Angst in seiner Stimme nicht verbergen.

Marco schaute ihn an: „Ich schätze der Kreislauf. Der Krankenwagen ist bereits unterwegs."

Kaum hatte er dies gesagt, war schon die Sirene zu hören. Die Türen des Krankenwagens flogen auf, und zwei Sanitäter und eine Frau eilten zum Verletzten.

Marco übergab die Aufgabe nur zu gern und begab sich zu Jack, der wie versteinert dastand. Sein Blick heftete an der jungen Frau, die dem Verletzten mit einem Beatmungsgerät half. Er hatte sie noch nie hier gesehen.

Marco sprach seine Gedanken aus: „Wer ist das? Kennst du sie?"

Doch Jack brachte keinen Ton heraus, eine leichte Bewegung seines Kopfes ließ eine Verneinung vermuten.

Irgendetwas blockierte ihn. Seine ganze Aufmerksamkeit war auf diese Frau gerichtet. Dabei wurde ihm immer heißer. Sein Herz raste und drohte, gleich zu zerspringen.

Was war das? Was passierte mit ihm? Warum war er so wehrlos? Noch nie hatte er diesen Zustand erlebt.

Der Mann wurde von den Sanitätern in den Wagen getragen. Die Türen schlossen sich. Die Frau nahm auf dem Beifahrersitz Platz. Sie warf einen letzten Blick in die Runde, doch er traf nicht Jack. Mit Sirenengeheul verschwanden sie Richtung Krankenhaus.

Jack wendete sich vom Geschehen ab und steuerte wie in Trance seinen Felsen an. Als er sich wieder darauf niederließ und sein Blick aufs Meer wanderte, bemerkte er die Veränderung in seinem Inneren. Sein Körper fühlte sich zwischen Kopf und Nabel wie aufgerissen an. Wie wenn ein Mantel mit beiden Händen aufgerissen wird. Genau das war mit seinem Herzen passiert. Jack empfand sein Herz als riesengroß und als ob es sich über den ganzen Körper ausdehnte. Er spürte die Liebe, die hier pulsierte, und war fast erschreckt über deren ungeheuere Kraft. Gleichzeitig bemerkte er auch, wie verletzlich und bloßgestellt ohne jeglichen Schutz er jetzt war. Er fühlte sich glücklich darüber, dass er diese Kraft wahrnahm. Sie zeigte ihm, was für tiefe Gefühle ihn durchströmen konnten, auch wenn der Mantel wieder zugemacht werden musste. Zu seinem eigenen Schutz.

Und das alles hatte sie ausgelöst! Er kannte sie doch gar nicht! Hatte noch nicht mal mit ihr gesprochen!

Trotzdem waren diese tiefen Gefühle aufgetaucht. Hatten ihn überrumpelt.

Wie gerne würde er sie zu sich in diesen offenen Mantel ziehen. Mit ihr diese Gefühle zusammen erleben. Jack verlor sich wieder in seiner Fantasie. Vielleicht war seine Suche jetzt endlich beendet. Die unendliche Sehnsucht, die ihm sein Herz immer öfters zeigte, hatte sich jetzt jedenfalls gewandelt. Er war fündig geworden. Es war ihm wieder mal etwas zugefallen. Jetzt war es wieder an ihm, etwas daraus zu machen. Und zwar das Beste. Wie immer!

Herr Brett ist tot

Stefan Heinzle

Herr Brett ist tot. Herr Brett ist stinksauer darüber. Denn so etwas ist ihm wirklich noch nie passiert. Er kann sich auch nicht vorstellen, woran es gelegen hat, dass er seit heute Morgen nicht mehr unter den Lebenden weilt. Die Pizza, die er gestern Abend gegessen hatte, fand er sehr lecker. Ihm ist nicht aufgefallen, dass die Pizza irgendwie nach Gift geschmeckt hätte. Obwohl er auch nicht beurteilen kann, wie Gift denn so schmeckt. Aber rein gefühlsmäßig war die Pizza mangel- und giftfrei. Und den Wein, den er dazu trank, bekam er von Frau Nagel, wenn er sich recht daran erinnert. Frau Nagel ist seine heimliche Geliebte. Heimlich darum, weil sie noch nichts davon weiß. Mist, er wollte ihr seine Liebe noch vor seinem Tode gestehen! Wie seine Mutter immer zu sagen pflegte: Was du heute kannst besorgen, das verschiebe nicht auf morgen! Er hätte auf Muttern hören sollen.

Zurück zum Wein: ausgezeichnet, mangel- und giftfrei – hundertprozentig. Die Fernsehanstalt strahlte gestern Filme nur für nervlich Instabile aus. Absolut stress- und gewaltfrei. Daran kann es wahrhaftig nicht gelegen haben. Und im Büro stapelte sich die Arbeit schon seit Längerem nicht mehr besonders. Seinen Stuhlgang verrichtete er wie üblich ohne Pressen und damit verbundenem Luftanhalten und Überdruck im Kopf – dies hätte nämlich zu einem Hirnschlag führen können. Doch er erledigte seinen Stuhlgang ausschließlich mit richtiger Atemtechnik über das Zwerchfell und den Bauchbereich. Damit ist das Thema „Hirnschlag" abgehakt. Hirnschlag kann als Ursache für seine Leblosigkeit definitiv ausgeschlossen werden. Von vornherein auszuschließen ist auch das Versagen wichtiger Organe. Weder Herzinfarkt noch Leberzirrhose oder Bronchialinfarkt und Ähnliches können ihn dahingerafft haben. Undenkbar! Seine Vorsorgeuntersuchung hatte schließlich noch kein halbes Jahr auf dem Buckel. Herr Doktor Seidel spaßte damals mit ihm darüber, dass er mindestens hundert Jahre alt werden würde, wenn er so weiter machte.

Hundert Jahre, ha, dass ich nicht lache!, denkt sich Herr Brett, hundert Tage wäre die richtige Antwort gewesen. Herr Brett wandert in seinem Haus umher, besser gesagt, er schwebt so ca. dreißig Zentimeter über dem Fußboden. Zufällig bleibt er vor dem Spiegel im Bad stehen. Oder sagt man: bleibt er schweben? Egal! Er hätte sich beim Anblick seines Spiegelbildes zu Tode erschreckt, wäre er nicht ohnehin schon tot gewesen. Auf seiner Stirn befindet sich ein riesiges, rotes Einschussloch. Dies hat zum einen den Vorteil, dass er jetzt die Ursache seines Todes kennt, zum anderen aber den Nachteil der Gewissheit, dass er keines natürlichen Todes gestorben ist.

Plötzlich fällt es ihm wie Schuppen von den Augen: Er sieht sich selber mit der Pistole in der Hand im Spiegel. Er sieht sich selber die Pistole an die Stirn haltend im Spiegel. Frau Nagel besuchte ihn gestern und brachte eine Fertigpizza mit. Auch eine Flasche Wein schenkte sie ihm zum Geburtstag. Sein Geburtstag. Gestern war sein Geburtstag. Und seine Liebeserklärung an Frau Nagel hatte er – wenn auch vergeblich – doch noch vor seinem Tode gemacht.

Autoren

Bösch Silvia (1955), Altach
Prosa

Ender Elke (1965), Altach
Prosa, Lyrik

Fehr Alexander (1970), Feldkich
Prosa

File Gerlinde (1952), Feldkirch
Prosa, Lyrik, Essays

Heinzle Stefan (1972), Hohenems
Prosa, Lyrik, Essays

Höfle Klaus (1967), Schwarzach
Prosa, Essays

Jochum Horst-Stefan (1965), Feldkirch
Prosa, Lyrik, Essays, Roman

Parisse Eric (1952), Feldkirch
Prosa, Lyrik, Roman